AF598920

Chalouper

Julie Edant Trébaol

Chalouper

Roman

ISBN : 979-10-422-2617-6

Oh fais-moi tourner sous mes pas
Glissent les années, toi et moi
Jusqu'au bout d'aimer, on pourra
Chalouper, chalouper, chalouper

Chalouper, Gaël Faye

1

Avril 2032

Notre histoire débute le 16 avril 2032, le jour où Anne fête ses 30 ans, elle vient de prendre un congé sabbatique pour au moins six mois, et donc de mettre en pause son travail de journaliste. Elle est chez ses parents, entourée de sa famille et de ses amis, à Mont-de-Marsan, dans les Landes. Anne était locataire d'un studio à Paris, car c'est là qu'elle a fait ses études, et ensuite qu'elle a commencé à travailler ; mais elle vient de quitter ce studio, car pour les six prochains mois et peut-être plus, plus rien ne la retient à la capitale.

Après avoir soufflé ses trente bougies et fait un vœu – faire un jour un tour du monde en bateau – Anne dansa entourée de ses proches jusqu'au bout de la nuit et cette dernière s'étira tant que la soirée se finit ce jour-là à 9 heures du matin. Trois heures plus tard, ses amis partis, Anne déjeuna avec le reste de sa famille, plus éloignée. Elle manqua de s'endormir à table une bonne dizaine de fois, et décida donc d'aller faire une sieste, après le dessert.

Cela faisait deux ans qu'Anne n'avait pas passé plus de trois jours chez ses parents ; elle passait toujours en coup de vent depuis la fin de ses études : son métier de grand reporter lui prenait tout son temps. La journaliste ne savait pas vraiment pourquoi elle avait pris ce congé, probablement pour se reposer et se ressourcer ; elle était à la limite du *burn-out* quelques mois plus tôt. En cette fin d'après-midi d'avril, après s'être levée de sa sieste, Anne fouilla dans les placards de sa chambre d'adolescente, à la recherche d'un plaid ; mais cachée derrière des draps, elle tomba sur sa boîte à souvenirs, qui n'avait plus été remplie depuis quatre ans. C'était une boîte en carton, peinte en bleu avec des petites fleurs blanches. Elle contenait des cartes postales, des lettres reçues ou écrites et jamais envoyées, son ancien téléphone : un iPhone 11 – une antiquité –, des places de cinéma, de théâtre, des tickets de métro, des billets de monnaies étrangères rapportées de voyages, des photos, des carnets, quelques bijoux, un élastique à cheveux, des dessins, et plus encore. Chaque souvenir avait été conservé dans cette boîte pour une raison particulière et chacun racontait donc une histoire, et entre autres des histoires avec des amoureux, amoureuses ou des amants et amantes.

Anne, qui avait tout son temps, décida d'ouvrir cette boîte et de s'y plonger, en piochant au hasard. La première chose qu'elle attrapa fut un billet de train Bordeaux – Saint Jean, datant d'octobre 2022.

* *
*

Octobre 2022

Ding dong ! « *Mesdames et Messieurs, je suis Manon votre cheffe de bord. Bienvenue à bord du TGV 54833 au départ de Paris Montparnasse, et qui aura pour terminus Hendaye. Ce train desservira les gares de Bordeaux – Saint-Jean, Dax, Bayonne, Biarritz, Saint-Jean-de-Luz – Ciboure et enfin Hendaye, son terminus. Chers passagères et passagers, je vous souhaite au nom de toute l'équipe de ce train et de la SNCF un agréable voyage à bord de notre TGV 54833.* »

« Pardon ! Pardon ! Anne essayait tant bien que mal d'avancer dans son wagon. Excusez-moi, madame, mais je crois que vous êtes assise à ma place…

— Oh oui, pardon, mademoiselle, je me suis trompée de voiture ! Je vous laisse votre place. »

Voilà encore une fois un échange qu'Anne avait l'habitude d'avoir avec un passager de train. En effet, Anne était toujours en retard, elle ne pouvait faire autrement. Anne avait vingt ans, elle était étudiante en faculté d'histoire et voulait devenir journaliste, ou mieux : grande reporter, et en Iran si possible. Elle allait jusqu'à Saint-Jean-de-Luz pour rendre visite à ses grands-parents paternels qui vivaient dans le village d'Espelette. Anne était jolie, avait les cheveux châtains dans lesquels des reflets de miel apparaissaient lorsque les beaux jours revenaient, elle avait les yeux couleur vert gris (personne n'avait jamais réussi à décrire précisément la couleur de ses yeux) et des taches de rousseur formaient un masque autour de ses yeux dès qu'un rayon de soleil illuminait son visage.

Anne aimait beaucoup prendre le train pour le Pays Basque, car – selon elle – il y avait toujours de « beaux mecs » (je la cite). Et, hasard ou non, il y avait justement un *beau mec* assis juste à côté d'elle. L'étudiante en histoire observa aussi discrètement que possible son voisin de siège : il était brun, avait la peau bronzée – presque mate –, était habillé « comme un parisien » (dans le langage d'Anne, cela voulait dire qu'il s'habillait bien et qu'il portait des vêtements d'une fameuse marque américaine réputée pour ses bonnets, vestes et jeans avec leur logo mis en évidence et qu'il portait des « *sneakers* » – car le bobo parisien ne porte pas de *baskets* – d'une marque végan). Il restait au moins deux heures et dix minutes de trajet à Anne pour en savoir plus sur ce charmant jeune homme. Notre étudiante fixa ses écouteurs dans ses oreilles, connecta le bluetooth de son téléphone à ces derniers, ouvra son application de musique, mis la playlist du film *Les bien-aimés* (film du génial Christophe Honoré et bande originale du non moins excellent Alex Beaupain) et réfléchit à un plan.

Anne fit un « récap' » de la situation dans sa tête : elle était à côté d'un des « plus beaux mecs (je la cite, hein) qu'elle avait vus DE TOUTE SA VIE », il était assis à côté d'elle, au moins jusqu'à Bordeaux ; Anne disposait donc de deux heures pour lui adresser la parole : elle devait au moins entendre sa voix, connaître son prénom et si possible obtenir un numéro de téléphone, un pseudo Instagram, quelque chose. Cet homme semblait avoir au moins vingt-cinq ans, peut-être un peu plus. Anne regarda ce qu'il faisait sur son ordinateur ; c'était un musicien : en effet, il écrivait des partitions sur un logiciel prévu à cet effet. Le fait qu'il soit musicien rajouta à ce charmant jeune homme encore plus de charme et accrut l'intérêt que notre protagoniste commençait à lui porter. Anne eut un éclair de génie (enfin, selon elle…) : elle allait lui demander son chargeur de téléphone : ils avaient le même modèle. Alors, Anne ôta ses écouteurs, coupa sa musique et feint de ne plus avoir de batterie. Elle prit son courage à deux mains, et dit :

« Euh… Excusez-moi, vous auriez un chargeur de téléphone, s'il vous plaît ? J'ai oublié le mien chez moi, je n'ai plus que 10 % de batterie et je dois avoir suffisamment de batterie jusqu'à Saint-Jean-de-Luz… voilà ce qu'Anne dit ; elle n'était pas très bonne actrice, mais elle avait réussi à adresser la parole à cet homme. Elle avait même souligné qu'elle allait descendre à Saint-Jean-de-Luz, donc – avec un peu de chance – il lui dirait probablement jusqu'où il allait.

— J'ai ça ! Vous avez bien un iPhone 11 ? Voilà ce que répondit ce bel inconnu, avec un sourire éblouissant.

— Voilà, c'est ça, ah ah ! dit Anne, devenant aussi rouge que son siège.

— Parfait, le voici !

— Merci beaucoup ! Vous me sauvez ! Anne n'était jamais dans l'exagération…

— Je descends à Biarritz, donc vous pourrez me le rendre juste avant que je parte ; rien ne presse. D'ailleurs, moi c'est Marceau, et vous ? lui dit donc Marceau, d'une voix calme et joyeuse.

— Anne ! elle lui répondit cela en essayant de ne rien laisser paraître, mais elle était dorénavant rouge écarlate. Anne était assez timide, elle rougissait donc facilement, mais là elle était face au “mec idéal” (toujours selon elle), c’était donc pire : elle perdait tous ses moyens.

— Joli prénom ! lui dit Marceau, avec un joli sourire.

— Merci ! » c’est bon, on venait de perdre Anne ; elle était conquise (oui, il lui en fallait peu).

L’étudiante en histoire devait absolument continuer cette discussion avec Marceau, elle venait d’avoir un coup de foudre. C’était la première fois de sa vie qu’elle ressentait cela, et elle avait pourtant déjà été amoureuse. Cela venait de lui tomber dessus, d’un coup. Alors, Anne décida de surmonter à nouveau sa timidité et redit un mot à Marceau : elle lui demanda ce qu’il allait faire à Biarritz, il lui répondit qu’il allait rejoindre son groupe d’amis pour une semaine. Alors, pendant une heure ils continuèrent à discuter, à se présenter, dire ce qu’ils faisaient dans la vie, d’où ils venaient, et commencèrent à se tutoyer. Anne apprit que Marceau était (comme elle l’avait deviné) musicien et plus précisément compositeur et percussionniste de formation ; néanmoins il savait jouer du piano, de la flûte traversière et de la basse. Marceau avait vingt-neuf ans, était originaire de Marseille, il aimait la musique, mais aussi la danse, le cinéma (surtout regarder des films avec Jean Dujardin et Pierre Niney) et l'art en général. Il appréciait aussi la « bonne cuisine », le vin (s'il n'avait pas été musicien, il aurait probablement ouvert une cave ou un bar à vins), il adorait sortir avec ses amis et voyager (mais surtout passer ses après-midi à bronzer sur des plages). Tout ça, c'était aussi ce qu'Anne aimait : elle jouait du piano, elle adorait voyager (mais moins rester sur une plage à bronzer : elle ne bronzait pas, elle cramait…), aller au cinéma, aller boire des verres avec ses amis, se balader, écouter de la musique et elle avait fait douze ans de danse. Anne avait l'impression d'être tombée sur son double, son âme sœur. Marceau habitait à Paris et y était arrivé à la fin de ses études ; ils vivaient donc dans la même ville : ils pourraient être amenés à se revoir ! L'historienne et le musicien parlèrent de politique, de féminisme et d'écologie : ils étaient, à quelques détails près, sur la même longueur d'onde. Anne apprit que Marceau (qui glissa plus ou moins subtilement ces deux informations) était célibataire depuis plusieurs mois et qu'il n'avait aucun problème avec la différence d'âge dans un couple, tant que les deux partenaires étaient majeurs et consentants, bien entendu.

À la fin de cet échange, le téléphone d'Anne était bel et bien chargé, elle venait de tomber amoureuse de Marceau et Marceau semblait également être sous le charme. Le musicien donna son pseudo Instagram à Anne, elle l'ajouta sur le champ et lui la suivit en retour sur cette application.

Anne souriait et regardait par la fenêtre du train. Voir les Pyrénées se dessiner au loin et l'océan Atlantique apparaître la rendait heureuse. Anne dit qu'elle adorait aller au Pays Basque et que sa ville préférée était probablement Saint-Jean-de-Luz. Marceau rétorqua et lui dit que – selon lui – « non ! C'est Guéthary ou Bidart ! ». Alors, un débat passionné entre le musicien et l'étudiante commença. Un débat, oui, mais un débat léger et ponctué de rires et de regards déjà complices. Anne dévorait Marceau des yeux ; elle essayait tant bien que mal de ne pas laisser paraître qu'il lui plaisait, mais ce n'était pas chose facile. À la fin de ce débat, aucun des deux n'avait réussi à convaincre l'autre qu'il ou elle avait raison. Une annonce de la cheffe de bord mit de toute façon fin à cette discussion : *« Mesdames et messieurs, nous allons arriver en gare de Biarritz dans cinq minutes. Veillez à ne rien oublier à votre place : un bagage oublié, c'est au moins une heure de trafic perturbé ! Au nom de toute l'équipe SNCF, j'espère que vous avez passé un agréable voyage à bord de ce TGV. À bientôt sur nos lignes. »* Voilà, à cette annonce, le rêve éveillé que venait de vivre Anne allait prendre fin. Marceau et elle allaient devoir se dire au revoir et rien ne disait qu'ils allaient se revoir : on n'était pas dans un film ou un roman ! Marceau se leva, prit son sac au-dessus de son siège (il était sur les porte-bagages en hauteur), regarda Anne et lui dit avec son plus beau sourire : « À très vite ! ». Anne, grande timide, fut si heureuse et surprise par ces trois mots qui paraissaient simples, mais qui en réalité étaient pleins de promesses : Marceau souhaitait la revoir ! Alors, elle répondit : « Avec grand plaisir ! », avec des joues toujours aussi rouges qu'une pivoine.

Anne regarda Marceau sur le quai, lui dit au revoir de la main, il fit de même. L'étudiante mit ses écouteurs, ouvrit son application de musiques, mit en marche la musique *Besoin d'amour*, de France Gall, ferma les yeux quelques secondes pour garder le souvenir de cette rencontre gravé dans sa mémoire, et elle sourit, telle une imbécile heureuse. Une dizaine de minutes plus tard, elle arriva en gare de Saint-Jean-de-Luz, descendit de son train et retrouva son grand-père qui était venu la chercher.

Dès qu'elle arriva chez son *amatxi* et son *aitatxi* (« grand-mère » et « grand-père », en basque), Anne se précipita dans la chambre qu'elle y occupait depuis qu'elle était née. Elle installa ses affaires dans le placard, ouvrit la fenêtre et contempla la vue sur les collines et le soleil couchant sur la Rhune, cette montagne emblématique de la région. Quelques minutes plus tard, elle descendit pour le dîner.

Quand la jeune femme revint dans sa chambre, elle jeta un coup d'œil à son téléphone, avant d'aller prendre sa douche. Elle vit un message de Marceau, son cœur palpita. Voici ce que le musicien lui avait écrit :

Hello, toi ! J'espère que tu es bien arrivée chez tes grands-parents et que la fin de ton voyage s'est déroulée sans encombre ! Tu as ensoleillé mon trajet et mon après-midi ; est-ce que cela a été réciproque ? 👀 J'aimerais beaucoup te revoir, et apprendre à mieux te connaître, si l'envie est partagée ! Si oui, Pays Basque ou Paris ? 🌞

En lisant ces mots, Anne sourit, et répondit immédiatement :

Hey ! Ensoleillement d'après-midi réciproque :) ! Tu serais dispo demain ? Ou mercredi ? Après, j'ai des trucs prévus les autres jours… Sinon, Paris ; mais le Pays Basque se prête bien à un date ! 🍷🌅

Sur ce, Anne partit prendre sa douche, douche pendant laquelle elle répétait les mots de Marceau dans sa tête, et commença à s'imaginer plusieurs scénarios de ce *date* à venir, tous plus romantiques les uns que les autres. En sortant de sa douche, Anne lut la réponse de Marceau. Après plusieurs messages échangés, un rendez-vous fut fixé pour le surlendemain : le mercredi.

Cela faisait trois jours qu'elle était chez ses grands-parents. Anne était partie marcher dans les collines. Il faisait beau et doux, le soleil faisait rougir sa peau, et réchauffait sa nuque. La jeune femme contemplait les montagnes basques, majestueuses, calmes et imposantes. Au loin, l'océan Atlantique se faisait deviner, on voyait même jusqu'au Jaizkibel, montagne qui marquait la frontière avec l'Espagne. Anne profita des bruits de la nature, des aigles et milans, du vent dans les arbres et herbes des champs, des hennissements des *pottoks* et de leurs amis les ânes. Après une bonne demi-heure de marche, elle arriva au sommet du Mondarrain, s'assit sur un petit rocher, mit ses écouteurs et sa musique en marche. Alors, aux premières notes de *The house of the rising sun* par *The Animals,* Anne contempla le paysage, ferma ses yeux pour graver cette image dans son esprit, et en rouvrant ses yeux, elle souffla. Elle souffla pour reprendre sa respiration après cette montée, mais aussi de soulagement et de bonheur. Elle était heureuse d'être de retour au Pays Basque, dans la nature, et auprès de sa famille. Elle était heureuse à l'idée d'avoir rencontré Marceau et encore plus de le revoir en fin d'après-midi. Le cœur d'Anne battait vite, et semblait se réchauffer, elle sentait aussi comme des papillons dans son ventre.

Anne resta une heure à marcher au sommet du Mondarrain et repartit vers chez ses grands-parents. Elle arriva à temps pour le déjeuner. Son *amatxi lui* fit remarquer qu'elle paraissait être sur un petit nuage et que presque à chaque fois qu'elle recevait une notification sur son téléphone (ces derniers jours) et qu'elle regardait cette notification, elle souriait comme une « imbécile heureuse ». Anne n'arrivait pas à mentir, et encore moins à sa grand-mère dont elle était très proche ; alors, la jeune femme lui raconta cette rencontre, ce coup de foudre, les messages et le rendez-vous prévu pour cet après-midi-là avec Marceau.

Après avoir tout raconté à sa grand-mère, Anne alla se préparer, elle avait rendez-vous avec Marceau à Saint-Jean-de-Luz à 17 h 30. Anne mit un jean noir, un haut à fleurs décolleté, un gilet vert électrique, ses baskets et un sac en bandoulière noir. Elle se parfuma, mit ses boucles d'oreilles dorées et son collier préféré ; elle était prête. L'étudiante alla retrouver Marceau devant le stand des glaces Lopez, au-dessus de la plage, au coucher du soleil.

* *
*

« À table ! Anne ! », voilà ce que cria la mère d'Anne, pour la troisième fois en cinq minutes. La jeune femme avait été happée par ce qu'avait fait remonter comme souvenir le billet de train d'octobre 2022 : son coup de foudre avec Marceau, dix ans auparavant. Elle s'extirpa de ce souvenir et descendit pour aller dîner tout en s'excusant auprès de sa mère de ne pas être arrivée tout de suite. Alors que ses parents discutaient de leur déclaration d'impôts, Anne fut plongée dans ses pensées : qu'allait-elle faire maintenant ? Elle n'était pas au chômage, certes, et était revenue volontairement vivre chez ses parents, mais elle n'arrivait pas à comprendre pourquoi elle avait eu cette pulsion de prendre ce congé sabbatique. Tout en se faisant entraîner par le fil de ses pensées, Anne se souvint que pendant longtemps, quand elle était plus jeune, elle avait cru qu'on disait un « congé sympathique », et non « sabbatique ». Alors, au moment où cette remarque lui revint à l'esprit, elle prit une décision : en plus d'être sabbatique, ce congé allait être sympathique, très sympathique.

Anne fini son repas avec ses parents, mit de l'eau à bouillir, trempa un sachet de tisane à la verveine – fait maison – dans sa tasse « On prend le large ! » écrit sur la tasse avec un soleil qui sourit dessiné sur celle-ci. Elle embrassa son père et sa mère, leur souhaita une bonne nuit, et alla dans sa chambre. Elle passa quelques minutes à traîner sur son téléphone et ouvrit l'application France Inter pour écouter les dernières informations de ce samedi 17 avril 2032, et au passage entendre ses collègues journalistes. Aux informations, la France apprenait que les dernières îles de la Micronésie – archipel du Pacifique – venaient d'être englouties par l'océan, à cause de la montée des eaux. Anne eut un choc en apprenant cette nouvelle : combien de temps lui restait-il pour réaliser son rêve de faire le tour des îles du Pacifique en catamaran avant qu'elles ne soient toutes victimes du réchauffement climatique ? Anne éteignit la radio et se plongea de nouveau dans sa boîte à souvenirs, pour penser à d'autres choses, plus légères, roses et agréables.

* *
*

« Hey ! » Marceau salua Anne de la manière la plus simple et décontractée possible, tout en lui faisant la bise. Ils s'étaient bel et bien retrouvés devant les glaces Lopez. Enfin… Marceau avait repéré Anne qui était dos à la rue et face à la baie de Saint-Jean-de-Luz et il lui avait tapoté l'épaule. Anne avait sursauté et Marceau avait rigolé. La jeune femme était devenue rouge comme une pivoine, et elle prit Marceau dans ses bras, ou bien lui l'a pris dans les siens, on ne sait pas trop. Alors, ils passèrent la soirée à discuter, d'abord sur la promenade au-dessus de la plage, puis au restaurant Chez Pablo, caché dans une rue à quelques pas de la jetée. Leur soirée se poursuivit sur le sable de la plage centrale, et puis dans l'Océan Atlantique, par un bain de minuit. Anne avait apporté une fouta et un maillot de bain « juste au cas où », suivant les conseils de son *amatxi* qui disait qu'il ne fallait jamais aller au bord de la mer sans prendre un maillot de bain avec soi (ou au moins un bas…). Alors, le musicien et l'étudiante s'étaient assis, collés sur cette fouta, et en profitèrent pour se réchauffer, car en ce soir d'octobre, le vent était frais. Tout en écoutant une musique composée par Marceau, ils se tinrent la main, et finirent par s'embrasser pendant de longues minutes, sur des notes de *soul*. Ils se défirent de leur étreinte et Anne lança à Marceau :

« Je suis sûre que t'es pas capable d'aller te baigner ! sur le ton du défi.

— Ah ouais ? Ben tu sais quoi, le dernier à l'eau est une poule mouillée ! répondit Marceau qui enlevait son polo et son jean.

— Deal ?

— Deal. »

Ils coururent chacun aussi vite que possible et arrivèrent en même temps dans l'eau froide de la baie. Anne était en maillot deux pièces et Marceau en caleçon. Arrivés dans l'eau, alors qu'ils avaient encore pied, leurs corps s'attirèrent tels deux aimants, et leurs lèvres semblaient également être touchées par ce phénomène. Leurs mains se baladaient sur leur peau, et rapidement une main se retrouva dans le caleçon de Marceau et une autre sur les seins d'Anne.

Anne et Marceau passèrent les trois jours suivants dans Saint-Jean-de-Luz, et avaient loué une chambre d'hôtel ; Anne avait prévenu ses grands-parents qu'elle rentrerait chez eux d'ici quelques jours. À la fin de ce week-end entre amants, Anne était tombée amoureuse, et elle ne savait pas ce qu'il en était pour Marceau. Il lui avait néanmoins demandé ce qu'elle avait prévu pour le troisième week-end de novembre – soit quasiment un mois plus tard –, aussi, il l'appelait « ma chérie », et lui disait qu'il ne s'était pas senti aussi bien avec une femme depuis longtemps. Alors, Anne était en confiance. Ils se dirent donc au revoir sur le quai du train que Marceau s'apprêtait à prendre pour rentrer à Paris, et décidèrent de se revoir deux semaines plus tard, au retour de Anne dans la capitale. Ils s'embrassèrent et la porte du wagon de Marceau se referma. L'étudiante essuya une larme qui coulait sur sa joue et rentra en bus chez ses grands-parents à Espelette. Elle s'empressa de tout raconter à ses meilleures amies et à son meilleur ami, et ensuite relata ces trois jours fous – avec un peu moins de détails – à sa grand-mère.

Les jours qui suivirent, Anne les occupait à passer du temps avec sa famille qui vivait au Pays Basque, ou à faire des randonnées, et à travailler. Elle n'eut pas beaucoup de nouvelles de Marceau. Deux jours avant de rentrer à Paris, elle demanda à Marceau si c'était toujours bon pour lui pour se revoir le soir de son retour. Il lui répondit le lendemain par SMS en lui disant qu'il avait « bien réfléchi, et c'est mieux qu'on ne se revoit pas, ce n'est pas le bon moment. Je suis désolé. »

Anne avait répondu au message de Marceau, elle l'avait ensuite croisé dans une boutique rue du Temple à Paris, puis n'avait plus jamais entendu parler de lui. Elle n'avait eu aucune explication suite à cette rupture soudaine. La jeune femme avait mis un an à réellement oublier Marceau. Cette nuit-là, le lendemain de son anniversaire, Anne ressentit ce petit pincement au cœur, qui dix ans plus tôt avait été un déchirement, en repensant à cette histoire et ce coup de foudre, avec Marceau.

* *
*

« Papi ? Ah non, pardon, mamie… Oui ! Je vous appelle pour vous demander si je peux arriver mardi à Porspoder… ? OK, parfait, je prends le train de 8 h, donc j'arriverai vers 16 h à Brest ! Oui, je sais mamie, c'est long, mais en venant de Mont-de-Marsan, c'est difficile de faire plus rapide. Bisous ! J'ai dit "bisous" ! », Anne raccrocha en levant les yeux au ciel : plus ça allait, moins sa grand-mère maternelle entendait. Elle s'obstinait à ne pas porter ses appareils.

Dans la foulée, Anne appela le centre de voile de Portsall – un village de la côte finistérienne, situé non loin de la commune où ses grands-parents vivaient : Porspoder. Suite à son appel avec le secrétaire du « Centre Nautique de Ploudalmézeau (port de Portsall) », rendez-vous était pris pour le mercredi suivant afin de se réhabituer aux *Hobicats*, des petits catamarans. La journaliste venait de décider qu'elle partirait en août pour son tour du Pacifique en catamaran.

2

Mont-de-Marsan, mai 2032

Après son séjour breton qui se déroula sous le signe de la voile, du beurre salé, des crêpes et autres *fars*, mais aussi des baignades, Anne retourna chez ses parents, huit cents kilomètres au sud de Porspoder. En arrivant, après avoir dîné, elle alla dans sa chambre, et s'allongea sur son lit, épuisée par son trajet composé de trains et de bus, ainsi qu'un covoiturage. Alors qu'elle regardait son plafond et ses murs encore décorés de posters et de cartes postales auxquels elle ne faisait plus réellement attention, son regard s'arrêta sur sa boîte à souvenirs, restée là – toujours ouverte – depuis plus de trois semaines. Sa chambre était éclairée par un rayon de lumière du soleil qui commençait à se coucher, allant réveiller les habitants des pays situés à des milliers de kilomètres à l'ouest de Mont-de-Marsan. Ce faisceau de lumière baignait de lumière la boîte posée au sol ; alors, Anne se leva de son lit, alluma sa lampe de chevet, car elle ne voyait pas suffisamment clair sans, et s'assit par terre, pour se plonger de nouveau dans son passé. Son regard fut attiré par son ancien téléphone, un iPhone 11, toujours en état de marche, mais franchement abîmé. La journaliste essaya d'allumer cet appareil, mais ce fut un échec ; alors, au fond de son placard elle retrouva un chargeur, brancha son téléphone, et quelques minutes plus tard, le symbole d'une pomme blanche croquée s'afficha sur un fond noir. Anne fouilla sa mémoire pour retrouver son code et déverrouiller cet iPhone, et enfin, elle put accéder à son contenu. Elle alla d'abord sur l'application des brouillons, et en lut un au hasard.

* *
*

Octobre 2022

Avant d'arriver à Paris, Anne avait un copain, Louison ; ils avaient été en couple ensemble pendant plus d'un an. Ce fut elle qui décida de mettre un terme à leur relation ; ils s'étaient retrouvés en couple à distance : elle à Paris, lui à Strasbourg ; elle n'était plus épanouie, elle était toujours amoureuse, mais fatiguée d'être la seule à porter à bout de bras un amour et un couple qui ne pouvaient plus fonctionner.

Depuis qu'elle avait quitté Louison, en avril 2022, elle avait rencontré d'autres hommes, notamment Marceau dans ce train pour Biarritz. Anne était tombée sous le charme de Marceau, et depuis qu'ils se fréquentaient – cela faisait quelques semaines – bien qu'elle adorait leur relation, Anne se voyait être nostalgique de sa relation avec Louison, par moments. Anne fit ce qu'il y avait de pire quand on se sent mal : regarder des photos d'elle et de son ex-copain. Elle tomba sur une des seules photos qui étaient passées à travers les filets des sauvegardes et suppressions de photos, après plusieurs changements de téléphones et d'ordinateurs. Peut-être fut-ce la faute au destin, un simple hasard ou la magie de l'internet et du « *cloud* », mais cette photo était une photo « *live* », c'est-à-dire une photo figée, mais qui peut bouger si l'on clique dessus. Cet après-midi d'automne, Anne fut stupéfaite : les photos « *live* » avaient du son ! Sur cette photo, nous pouvions voir Louison imiter un « smack » et Anne faire des bisous sur la joue de son ancien amoureux. Cette photo datait d'il y avait plus d'un an, quand leur couple battait de l'aile et qu'ils étaient tels deux imbéciles heureux. Dans cette photovidéo nous entendons Louison dire « mouah » tandis qu'il fait un bisou dans l'air. À la fin de la photo, les deux tourtereaux se regardent mielleusement dans les yeux.

Cette photo pue l'amour.

Anne était assise sur son lit ; elle était de retour chez ses parents pour une semaine de vacances. Elle contemplait les photos, cartes postales et autres décorations accrochées aux murs de sa chambre.

Tellement de choses se sont passées dans cette chambre. Chaque recoin me rappelle le souvenir de nos corps qui s'aimaient. Mon lit sur lequel nous avons fait l'amour tant de fois ; des centaines de fois au cours desquelles nos corps s'unissaient, s'enlaçaient et ne voulaient faire qu'un. Nos baisers, nos « je t'aime », nos rires et nos discussions qui duraient des heures. Voilà tous les souvenirs que j'ai de toi dans cette chambre. Le temps a passé, les souvenirs sont moins douloureux, mais ils sont toujours là. Et parfois je me demande si ce n'est pas toi, l'amour de ma vie, malgré tout.

Voilà le message qu'Anne avait écrit à Louison. Bien sûr, elle n'oserait lui envoyer, mais écrire lui faisait du bien. Alors, elle l'enregistra dans ses brouillons.

Cet après-midi-là, Anne qui avait démarré une relation avec Marceau avait donc le « seum » (pour retranscrire ses pensées ; je suis omnisciente comme narratrice, je vous rappelle…) en voyant une photo d'elle et Louison.

Anne se demandait comment elle allait bien pouvoir tirer un trait sur toutes ces histoires.

Alors, l'étudiante en histoire décida de ne pas se laisser abattre. Elle envoya un message à Chimène, sa meilleure amie, pour lui proposer de sortir ; cette dernière était également venue rendre visite à ses parents pour les vacances. Anne et Chimène se connaissaient depuis la maternelle et avaient toutes les deux grandi à Mont-de-Marsan, dans les Landes.

Anne mit *Résiste* de France Gall sur son enceinte et elle se prépara. Cette musique la suivait depuis la 6e, au collège ; grâce à elle, Anne se rappelait qu'elle devait faire de son bonheur une priorité et qu'elle devait éviter de s'oublier dans ses relations. Anne ne voulait pas être égoïste, elle souhaitait juste être heureuse.

Après une soirée bien arrosée au bar du Green Oak, Anne envoya ce message à Louison, car elle ne voulait pas avoir de regrets.

* *
*

Anne ferma l'application « brouillons » de son téléphone, parcourut les autres applications et notamment son album photo, dans lequel elle retrouva cette fameuse photo avec Louison. Alors, elle se souvint de sa relation avec lui qui avait duré un an et demi, la plupart des souvenirs qui remontaient étaient amers, Anne n'y avait plus pensé depuis des années. Toutes ces fois à tout donner pour que leur couple tienne face aux épreuves, toutes ces concessions qu'elle avait faites. En vain. Elle l'avait quitté, car il lui avait avoué qu'il n'allait pas changer et ne pourrait pas faire d'efforts. Anne se demanda franchement comment avait-elle pu être si triste pendant si longtemps d'avoir perdu cet amour-là. Elle referma alors son album photo, et verrouilla son téléphone, tout en lâchant un soupir de soulagement qui voulait sûrement dire « merci, la Anne de 2022, d'avoir quitté Louison ! » ou bien « putain, mais quel con celui-là, qu'est-ce que j'ai bien fait de le quitter ! J'suis géniale », avec un petit sourire de satisfaction se dessinant sur son visage. La journaliste remit alors l'iPhone 11 dans la boîte à souvenirs et déposa cette dernière sur son bureau.

Regagnant alors son lit, Anne prit son téléphone, un Iphone W – qui datait d'un an auparavant seulement – et fit un tour sur Instagram (eh oui, il y a des choses qui ne changent pas… D'ailleurs, Michel Drucker est toujours bien vivant et anime désormais des émissions en *live* sur cette même application !) et reçut un message de Valentine, une femme de son âge qu'elle avait rencontré lors d'un vernissage d'une exposition d'art dans le 8e arrondissement de Paris peu avant son départ dans les Landes. Valentine lui demandait de ses nouvelles, et lui disait que leurs nuits ensemble lui manquaient. Alors, au lieu de lui répondre simplement en deux-trois mots, Anne appela en FaceTime Valentine, pour entendre sa voix et voir son si joli visage ; elles passèrent une heure au téléphone et finirent par un moment sensuel à distance. Anne s'endormit après avoir joui, de belles images en tête.

Son réveil sonna quelques heures plus tard, à 8 heures du matin et son assistant d'intelligence artificielle robotique mit en marche la radio, avec le journal de France Inter. Depuis deux ans, un journal spécial « bonnes nouvelles » était diffusé sur cette radio, tous les jours à huit heures, avant le journal « classique » (qui était donc moins réjouissant). Depuis, ce concept de journal des bonnes nouvelles avait été repris par d'autres radios, mais les audiences n'avaient jamais été aussi bonnes que lorsqu'Anne le présentait sur son onde, elle était même à l'origine de ce concept. Depuis son départ de France Inter, c'était l'artiste belge Edouard Baer qui présentait ce journal.

En cette journée ensoleillée de mai, Anne avait prévu de prendre un cours de voile à Hendaye. Elle prit son petit-déjeuner en vitesse, s'habilla, souhaita une bonne journée à ses parents et leur dit qu'elle reviendrait le lendemain : son cours durait vingt-quatre heures. Deux heures de route plus tard, la journaliste était au port d'Hendaye et avait rejoint son moniteur : Bixente ainsi que deux autres élèves, Paul et Julie ; ils s'apprêtaient à partir sur un grand catamaran de quarante pieds, et cela allait être le début des entraînements d'Anne sur un voilier à la taille de celui qu'elle aurait dans le Pacifique.

* *
*

Anne apprit beaucoup lors de ces vingt-quatre heures sur le catamaran. Elle se lia d'amitié avec ses coéquipiers, la promiscuité sur un bateau forçant ce rapprochement. La navigation en direction de Bilbao, en Espagne, se fit sans problèmes, malgré une nuit agitée, mais bien gérée par ces apprentis marins. Avant le début des quarts, l'équipage prit un apéritif, au son de bières s'entrechoquant, face au coucher du soleil, magnifique et éblouissant. La journaliste eut de nouveau la confirmation que c'était de ça qu'elle avait besoin : vivre au rythme de la mer, des marées, du soleil et de la lune, du vent, des éléments. En se baignant non loin des côtes, avec ses nouveaux amis, Anne s'imagina un instant à l'autre bout du monde, faire la même chose, probablement vers Nouméa. Elle connaissait déjà la Nouvelle-Calédonie, elle y était allée pendant ces études, des années auparavant, rendre visite à sa famille.

Après son stage à Hendaye, Anne rentra à Mont-de-Marsan chez ses parents. Le déjeuner fini, et avant de partir en randonnée avec ses parents, elle partit se reposer dans sa chambre. D'abord, elle alla fouiller dans sa boîte fleurie, pour retrouver un souvenir qu'elle n'avait pas oublié : une photo d'elle et d'un homme, Hugo, prise sur une plage de Nouvelle-Calédonie ; Anne avait espéré retrouver cette image. Elle tomba enfin dessus, et son histoire avec Hugo lui revint d'une précision troublante, à la mémoire.

* *
*

Le 30 octobre 2023, Nouméa, Nouvelle-Calédonie

« *Mesdames et messieurs, au nom de toute la compagnie Air France, je vous souhaite la bienvenue à bord de ce vol numéro 3345, au départ de l'aéroport de La Tontouta, de Nouméa à destination de Tokyo. Nous arriverons donc à 15 h, heure locale ; je vous rappelle que nous avons deux heures de décalage horaire avec le Japon. Nous allons tout de suite vous diffuser la vidéo des consignes de sécurité sur vos écrans...* » Anne mit ses écouteurs, appuya sur le bouton *play* de son téléphone et fit jouer la musique à fond dans ses oreilles. Elle regarda à moitié concernée les consignes de sécurité. Elle ne voulait pas trop y penser ; tout d'abord, car elle avait l'habitude de prendre l'avion, mais aussi, car ces indications l'angoissaient plus qu'autre chose. L'avion décolla quelques instants plus tard ; Anne était placée côté hublot, mais elle était incapable de regarder à travers lors du décollage, car l'avion, une fois dans les airs, faisait généralement un virage sur l'aile et cela effrayait Anne. Alors que dans ses écouteurs se jouait *Une autre histoire* de Gérard Blanc, Anne ferma les yeux et attendit que l'avion soit stabilisé dans les airs pour contempler une dernière fois les paysages que le Pacifique avait à lui offrir. Anne se tourna vers Hugo, le regarda et se dit qu'elle espérait qu'une fois rentrée en métropole ils continueraient à se voir.

Anne avait rencontré Hugo dans un bar de la ville de Nouméa, sur l'île principale de l'archipel de la Nouvelle-Calédonie. Elle était depuis un mois en vacances chez sa grande cousine qui vivait à Nouméa depuis quatre ans déjà. Anne avait pu profiter de sa famille et de tout (ou presque) ce que la Nouvelle-Calédonie a à offrir. L'étudiante en histoire avait passé la plupart de son temps à se baigner dans des lagons, à nager avec des poissons et des dauphins, à lire au soleil en bronzant sur la plage, à faire des randonnées sur l'île et à boire des verres avec des amis qu'elle s'était faits là-bas. Un soir, dans ce bar (« L'endroit »), tandis qu'Anne commandait un *sex on the beach*, elle croisa le regard d'Hugo. Anne fut comme électrisée et ne put décoller son regard du trentenaire pendant au moins deux minutes, jusqu'à ce que celui-ci s'approcha d'elle. Ce charmant homme arriva face à Anne et lui demanda, sur un ton taquin, s'il était si moche que ça pour qu'elle le regarde ainsi. Anne, déjà sous le charme et quelque peu timide, rigola nerveusement. Ils échangèrent deux-trois banalités, telles que leur prénom, leur âge et d'où ils venaient. Anne apprit donc qu'Hugo avait effectivement la trentaine, qu'il habitait à Paris, qu'il y était chercheur et faisait sa thèse à l'ENS et qu'il était trois semaines en vacances chez ses parents à Nouméa. Le chercheur était né en Nouvelle-Calédonie et y revenait régulièrement pour voir ses parents et sa sœur.

Dans ce bar, donc, après avoir brièvement discuté, l'étudiante en histoire et le doctorant se mirent à danser sur des musiques des années soixante-dix et quatre-vingt. Ils dansèrent ensemble, comme si le monde autour d'eux s'était effacé ; ils riaient aux éclats tandis qu'ils dansaient sur des chansons de

Boney M. Anne et Hugo continuèrent ainsi, enchaînant les verres et les danses, jusqu'à tard dans la nuit. Vers quatre heures du matin, à la fermeture du bar, Hugo proposa à Anne de se revoir quelques jours plus tard, et d'aller au restaurant. Elle accepta, ils s'échangèrent leurs numéros de téléphone ; quand vint le moment de se dire au revoir, ils se firent une bise timide. Anne rentra alors par le bord de mer, elle avait l'impression de flotter, dans l'obscurité, en écoutant les vagues lécher le sable et en repensant à cette soirée un peu hors du temps. Quelques minutes plus tard, elle alla se coucher, toujours sur un petit nuage.

À midi, Anne partit à la plage, en prenant dans son panier un bouquin d'histoire, et ses cours sur l'Empire carolingien (elle devant quand même travailler un minimum…). Il n'y avait pas trop de monde sur la plage, le soleil était au milieu du ciel, un vent chaud soufflait dans les cocotiers, des mouettes volaient en groupe jusqu'à plonger soudainement dans la mer pour attraper un poisson, les vagues étaient calmes et la jeune femme comptait bien profiter de ce calme pour rattraper son retard dans ses cours, mais aussi bronzer et se baigner.

Plus d'une heure après s'être installée sur le sable, elle vit au loin une silhouette qui lui semblait être familière. Au fur et à mesure que cette personne se rapprochait, Anne reconnut Hugo qui venait avec son groupe d'amis, ils devaient être quatre ou cinq et avaient apparemment au moins tous vingt-cinq ans. En arrivant au niveau d'Anne, ils lui firent la bise, tandis qu'Hugo demanda à Anne s'il pouvait l'embrasser, ce qu'elle accepta instantanément. Ils passèrent alors l'après-midi tous ensemble sur la plage, à jouer au volley, aux raquettes, à se baigner. Hugo et Anne se baignèrent ensemble, pendant que les autres dormaient sur le sable chaud. Alors, les deux amants s'embrassèrent longuement dans le lagon, Anne accrochée à Hugo, comme un bernique à son rocher. À la fin de cet après-midi, Anne sortit son Polaroïd et fit un selfie avec Hugo. Elle conserva cette petite vignette dans son panier.

La soirée se poursuivit dans un restaurant en bord de plage, et l'étudiante en histoire fit plus ample connaissance avec les amis d'Hugo : Liyah, Juliette, Arnaud et Paul. Ils enchaînèrent les bières NumberOne, faites en Nouvelle-Calédonie, mangèrent bien et beaucoup. La nuit tomba, Hugo invita Anne chez lui, elle accepta, ils saluèrent les amis du doctorant et partirent. La nuit continua dans l'appartement que ce dernier avait loué pour ses vacances. La terrasse donnait sur la mer, le bruit des vagues faisait office de musique d'ambiance, et le ciel étoilé de lumière. Hugo arriva derrière Anne qui contemplait le ciel illuminé par des millions d'astres, la prit dans ses bras, embrassa sa nuque, alors elle se retourna et l'embrassa sur ses lèvres. Hugo goûtait aux lèvres d'Anne encore salées par la mer, et l'un et l'autre s'entraînèrent dans la salle de bain et prirent leur douche ensemble. Ils allèrent ensuite se coucher, épuisés et heureux.

Au réveil, Anne et Hugo passèrent plus d'une heure à discuter de leurs vies, de leurs projets et envies. Hugo annonça à Anne qu'il partirait la semaine qui suivait à Paris. Ils se rendirent alors compte qu'ils avaient réservé le même vol, et que la vie faisant parfois bien les choses, leurs places étaient voisines ! Les deux étudiants finirent la matinée en faisant l'amour, comme s'il avait été urgent pour leurs corps de répondre à une attraction trop forte, insoutenable. Ils passèrent ainsi leurs derniers jours de vacances à l'autre bout du monde : alternant entre des baignades dans l'eau turquoise du Pacifique, bon repas, belles soirées, baisers et moments où leurs corps ne pouvaient pas résister à leur attirance mutuelle.

Quelques jours après son retour à Paris, Anne alla se balader dans la ville, pour se réhabituer à la métropole. Le retour à la vie citadine était rude ;

l'étudiante en histoire n'avait pas voulu rentrer en France métropolitaine, mais elle n'avait pas eu le choix : elle devait retourner à l'université. Les cours avaient repris depuis un mois déjà et Anne avait réussi à se débrouiller pour récupérer ses leçons auprès de ses camarades, mais cette situation ne pouvait durer éternellement. Tandis que la nuit tombait, Anne marchait sur le pont des Arts, elle était partie d'Odéon pour aller jusqu'à la Seine. Elle écoutait Agnes Obel, en contemplant le palais du Louvre, les lumières se miroitant sur l'eau et enfin la tour Eiffel, au loin. Au son du piano, elle tapotait sur son téléphone en écrivant à Hugo, ils se disaient des mots doux, qui peut-être bientôt allaient devenir des mots d'amour : cela faisait plusieurs jours qu'ils n'avaient pas pu se voir, Hugo disait à Anne qu'il avait hâte de la retrouver et Anne lui fît comprendre que cela était réciproque.

L'étudiante reçut, vers 20 heures, un texto d'Hugo lui proposant d'aller au cinéma voir le nouveau film de Louis Garrel. Anne avait eu le temps de rentrer chez elle, mais dû se dépêcher de se préparer ; elle courut ensuite au métro et retrouva une demi-heure plus tard son amant, devant un cinéma du 5e arrondissement de la capitale. C'était leur quatrième *date* et lorsqu'Anne sortit des souterrains du métro et qu'Hugo l'aperçut, ils se jetèrent l'un dans les bras de l'autre. Après avoir pris les tickets de cinéma puis s'être installés dans la salle sombre, Hugo raconta sa journée de travail à Anne et Anne fit de même lorsque vint son tour. La pub qui allait durer au moins un quart d'heure leur laissait le temps de discuter un peu plus. Les lumières de la salle s'éteignirent, le film commençait enfin. Profitant de l'obscurité et de la connotation assez « clichée » d'un rendez-vous au cinéma, Anne rapprocha sa main de celui-ci sur l'accoudoir qu'ils partageaient. Anne voulait voir si Hugo allait être réceptif et si son envie était réciproque. Après quelques tentatives de rapprochements physiques, Anne enleva son bras de l'accoudoir et se concentra sur le film. Plusieurs minutes s'écoulèrent et Anne posa sa main sur sa jambe gauche – celle qui frôlait la jambe droite d'Hugo – et attendit de voir si Hugo allait tenter quelque chose ou non. Alors, en un instant, le trentenaire prit la main d'Anne dans la sienne. Le cœur d'Anne se réchauffa instantanément, elle sentit des papillons et des feux d'artifice dans sa poitrine et son ventre. Le temps s'arrêta aux yeux d'Anne pendant quelques secondes ; elle sourit, se tourna vers Hugo. Celui-ci fit un bisou dans le cou de son amante, et Anne s'avança vers Hugo, leurs lèvres se rencontrèrent.

Bam, une flèche en plein cœur ; Cupidon venait de viser juste et dans l'organe vital d'Anne comme dans celui d'Hugo. Anne eut l'impression d'être dans une comédie romantique (bien qu'elle ne connaissait pas la suite de l'histoire, cela lui semblait être plus le début d'une comédie que d'une tragédie romantique). Goûter aux lèvres d'Hugo avait tant manqué à Anne et vice-versa qu'ils eurent l'impression de s'embrasser pour la première fois.

Un matin, Anne se réveillait dans les bras d'Hugo, pour la quatrième fois en une semaine. Cela faisait maintenant plus d'un mois qu'ils se fréquentaient et que tout se passait bien. Au début, lorsqu'ils se rencontrèrent, Anne était sceptique, elle redoutait de se lâcher, de se laisser aller, voire de s'abandonner dans cette histoire. Mais tout lui paraissait simple et naturel. Elle voulait passer encore tant d'autres nuits à faire l'amour avec Hugo, des soirées à lui faire des câlins, des matinées à se faire masser par lui. Hugo était romantique, attentionné, drôle, intelligent, cultivé, et beaucoup d'autres choses encore, qui ne s'expliquent pas. Les deux amants avaient même planifié un week-end de trois jours à Vienne, ils avaient pris les billets d'avion et réservé une chambre d'hôtel. Ils s'en fichaient que cela parut précipité ; ils se sentaient bien ensemble et voulaient en profiter, quitte à ce que la semble trop tôt (et trop tôt par rapport à quoi ou à qui, d'ailleurs ?). Anne et Hugo avaient hâte.

Alors qu'Anne était dans les bras d'Hugo, elle lui dit qu'elle se sentait bien avec lui, il lui répondit « Ah ben c'est cool, ça. Tant mieux. ». Aïe. Ce n'était pas la réponse qu'Anne attendait, ou espérait. Elle s'attendait à un « moi aussi », ou quelque chose comme ça. Manger un burger avec des frites, c'est « cool » ; aller voir un film, c'est « cool » ; se balader, ça l'est aussi ; mais ça : se sentir bien, avec lui, c'était plus que « cool » ; et puis merde quoi ! Anne, elle voulait presque une déclaration d'amour, un truc romantique, bordel. Pardon, je m'énerve, mais imaginez la scène deux secondes et surtout ce qu'il était en train de se passer dans la tête de l'étudiante en histoire à ce moment précis : son histoire ultra-romantique-comme-dans-les-films commençait soudainement à tomber en miette dans sa tête. Anne ne dit rien, ne réagit pas à cette réponse d'Hugo et passa à autre chose ; même si cette phrase – « Ah ben c'est cool, ça. Tant mieux. » – vint se loger dans un coin de sa tête et la graine de l'inquiétude se mit à germer dans l'esprit d'Anne, qui (pour ne rien arranger) avait tendance à surpenser : à « trop » penser.

Anne rentra chez elle ; Hugo et elle avaient prévu de se revoir le lundi suivant : c'est-à-dire trois jours plus tard. Le jeune homme qui était toujours très démonstratif, très attentionné, et ce même par message l'était moins, ce jour-là. Ce vendredi, il ne répondit quasiment pas aux messages d'Anne, il ne lui envoya pas de textos tels que « Je pense à toi », « Câlin », ou autres, comme il le faisait avant. « Avant ». Anne pensait, intégrait, déjà un « avant », comme si quelque chose avait soudainement changé, basculé, freiné. Anne ne dit rien. Anne laissa couler et se dit qu'elle se faisait du souci pour rien, que si Hugo n'était plus sûr de lui il lui aurait dit. Elle avait peur que tout s'arrête soudainement, brutalement. Hugo avait l'habitude de répondre rapidement aux messages et d'écrire des mots doux à Anne, et là ce n'était déjà plus le cas, alors que ce n'était jamais arrivé. L'étudiante attendit avant de dire quelque chose, de peur de se faire des idées sans raison.

Deux jours plus tard, elle envoya un message à Hugo qui – lui – disait dans son précédent message qu'il était débordé par son travail et sa thèse. Anne comprenait, mais – encore une fois – elle essayait de se persuader que s'il n'était pas sûr d'assumer une relation, alors il lui aurait dit ou ils ne seraient pas allés jusque-là, ils n'auraient pas planifié une escapade romantique à Vienne. Dans ce texto qu'elle s'apprêtait à envoyer, Anne dit et demanda simplement à Hugo qu'elle sentait un changement et elle voulait comprendre ce qu'il se passait, si quelque chose se passait. Une distance venant d'être marquée par Hugo, Anne voulait donc savoir si c'était simplement une impression ou non. Elle espérait de tout son cœur que cela ne fut qu'un mauvais pressentiment, infondé et ridicule, sans raison et sans justifications. Elle ne voulait pas que ça s'arrête, ou en tous cas pas comme ça, pas si brutalement.

Hugo vit le message et ne répondit pas.

Le soir, Anne était de retour sur ce pont, le pont des Arts, où elle avait quelques souvenirs avec Hugo. Elle détestait se dire que ces moments étaient déjà devenus des souvenirs. Elle aurait voulu que ça dure, encore et encore, que ça ne s'arrête pas. Elle voulait pouvoir, pour une fois, tomber amoureuse sans foncer dans un mur. Rien ne l'avait laissée penser qu'elle allait foncer dans ce mur, et pourtant, elle venait de se le prendre en pleine face. Elle l'avait senti, c'était peut-être ça le pire : ce sixième sens, ce sens qui faisait qu'elle arrivait à « sentir la merde venir » (pour la citer), dans ses relations. Elle avait senti qu'il devenait distant, soudainement. Malheureusement, elle ne s'était pas trompée. En effet, Anne retourna sur la discussion WhatsApp qu'elle avait avec Hugo, Anne ne pouvait voir ni le statut ni la photo d'Hugo sur la discussion : cela voulait dire qu'il l'avait bloquée. Bloquée, supprimée, dégagée de sa vie.

Tandis qu'elle fondait en larmes en écoutant en boucle *L'amour en solitaire*, de Juliette Armanet elle repensa à tous les moments passés avec Hugo, et finalement songea aussi à tous ces signaux qu'elle n'avait pas vus ou pas voulu voir, qui montraient qu'il n'était pas impliqué autant qu'elle dans cette relation. Elle était sur ce pont emblématique de Paris et des touristes la regardaient bizarrement ou étonnés. Anne annula les billets pour Vienne, supprima la playlist qu'elle avait créée pour Hugo et, elle, effaça leur conversation WhatsApp et pleura. Ensuite, en prenant le métro pour rentrer chez elle, elle pleura de nouveau silencieusement, pour ne pas attirer l'attention – elle était suffisamment gênée comme ça. Alors, elle regarda les billets de train pour rentrer à Mont-de-Marsan, Biarritz ou Bordeaux. Lors d'un week-end de trois jours, bien sûr, tout allait être complet et c'était le cas. De toute façon, Anne partait pour quoi : pour fuir Paris, mais surtout ses histoires et elle le savait pertinemment. Mais la capitale et apparemment l'univers aussi ne voulaient pas qu'elle fuit, mais souhaitaient la confronter à son malheur.

Anne aimait aimer éperdument. Éperdument, mais sans jamais se perdre, ou en tous cas en faisant tout pour ne pas trop s'oublier. Elle avait été avec Hugo pendant un mois, elle était tombée amoureuse, sans s'oublier, et pourtant elle souffrait terriblement.

C'était – pour elle – d'une violence inouïe ; se faire dégager de la vie de la personne qu'elle commençait à aimer, et dégagée sans explications, rien. Hugo disparut de la vie d'Anne, tel un fantôme.

* *
*

Anne referma sa boîte après y avoir déposé la photo d'Hugo et elle, prise sur cette plage de l'autre bout du monde, un jour d'octobre 2023. La journaliste était plongée dans ses pensées, en prenant du recul sur toutes ces histoires d'amour qui avaient mal finies, elle se souvint d'elle, presque une décennie auparavant, et de la jeune femme qu'elle était : amoureuse de l'amour, fleur bleue, anxieuse, à trop (ou sur) penser. Cette jeune femme qui avait – malgré ce qu'elle essayait de faire croire à qui voulait bien l'entendre – eu le cœur un peu plus brisé après chacune de ces ruptures, et sa confiance en elle en avait pâti également. Au fil des années, elle s'était endurcie, avait réussi à cacher ce qu'elle ressentait, même si cela n'était pas forcément la bonne solution. Anne avait bien vu, au fil des relations, qu'elle pouvait tomber sur des femmes ou des hommes « biens », alors, elle avait de nouveau pu être elle-même, malgré des situations compliquées ou des histoires qui n'avaient pas pu se poursuivre.

Après ce moment d'introspection, Anne alla sur son ordinateur, et continua ce qu'elle avait commencé à entreprendre quelques jours plus tôt : acheter son matériel de voyage, pour son tour du Pacifique.

3

Juin 2032, Mont-de-Marsan

Après avoir passé quelques jours avec Valentine à Marseille, Anne était rentrée chez ses parents dans les Landes. Elle avait profité de son séjour dans la cité phocéenne avec son amante pour se rapprocher d'une agence qui organisait des voyages à travers le monde, à bord de porte-conteneurs ; en effet, depuis 2030, les voyages en avion étaient limités à deux fois dans une vie, sauf exception, et il n'était de toute façon pas envisageable pour Anne de prendre un avion pour son tour du Pacifique ; sa conscience écologique l'en empêchait. Il avait donc été prévu lors de son escapade méditerranéenne qu'elle monterait le 1er août dans un bateau de marchandises à Marseille, jusqu'au port de Chabahar, en Iran, sur les côtes du Golfe Persique. La suite de son voyage restait assez floue, elle avait juste une date d'arrivée à Perth, en

Australie, fixée au 30 août, jour où elle récupérerait le voilier qu'elle louerait pendant six mois.

Une fois rentrée de Marseille, Anne prolongea auprès de Radio France son congé sabbatique, pour six mois de plus. Étant très bonne journaliste et France Inter ne voulant pas la perdre, ses congés furent prolongés sans souci. Lorsqu'elle fut de retour auprès de ses parents, ayant plus de temps pour elle, elle décida d'aller marcher dans la forêt landaise. Après quelques minutes, elle alluma sa musique et mit le mode aléatoire, pour découvrir de nouvelles chansons. Magie de la technologie probablement, mais une musique se joua alors, et ce n'en était pas du tout une récente, en effet, il s'agissait de la musique Chalouper, chantée par Gaël Faye, et qui datait de l'année 2020. Cela faisait dix dans qu'Anne n'avait pas entendu cette musique, et les premières notes lui rappelèrent instantanément deux histoires qu'elle avait eues, d'abord avec Paul et ensuite avec Julio ; un professeur et un avocat.

* *
*

Le 11 mai 2024, 7 h

« Nous sommes le 11 mai 2024, bonjour à tous, bienvenue sur France Inter.

— Bonjour Charline Dumont.

— Bonjour Frédérick !

— À la une de l'actualité ce matin… » Anne coupa net son réveil, elle n'en pouvait plus des informations, de ces nouvelles, toutes plus mauvaises les unes que les autres, entre des fusillades aux États-Unis, les débats sur le burkini et le cas de la variole du singe : « faisons-nous face à l'arrivée d'une maladie qui aura les mêmes conséquences que le covid-19 ou non ? » Bref, Anne en avait marre. Ce matin-là, elle sut que ce début de journée n'allait pas être bon : pourquoi ? Ses règles devaient arriver il y a cinq jours et elles n'étaient toujours pas là. Anne se leva, alla ouvrir ses volets : il pleuvait et elle ne pouvait même pas apercevoir le bout d'un toit du Sacré-Cœur. Elle observa les gens dans la rue : il y en avait des pressés et d'autres qui avaient l'air perdus, certains paraissent fous, heureux ou tristes.

Anne avait vingt et un ans, elle était en dernière année de licence à l'université Panthéon-Sorbonne et son professeur d'histoire médiévale, Monsieur Durand, quarante-deux ans, habitait le même immeuble qu'elle. En plus d'être le professeur

(« enseignant-chercheur émérite », comme il aimait être nommé) d'histoire médiévale d'Anne, Paul Durand était aussi son compagnon depuis juillet. Ils s'étaient rencontrés dans un bar du 18e arrondissement de Paris, le Sunset, rue Ordener. Ce soir-là, Anne sortait avec ses amies, Paul avec les siens ; le DJ joua *Chalouper* de Gaël Faye, Anne se mit à danser, Paul fit de même. Les mojitos, *sex on the beach* et bières faisant leur effet, Paul – grand timide, mais aussi grand charmeur – prit son courage à deux mains et s'approcha de Anne. Anne et ses amies l'avaient repéré, une d'entre elles avait reconnu Monsieur Durand et elle lui trouvait d'ailleurs beaucoup de charme ; tandis que cette dernière dit à ses amies qu'elle connaissait cet homme, Anne était déjà en train de se diriger vers lui. Rapidement, Paul et son étudiante dansaient ensemble et quelques minutes plus tard, ils s'embrassèrent. Ce fut un coup de foudre, imprévu et impensable. Vingt et un ans d'écart, Anne n'aurait jamais imaginé avoir une relation avec un homme de cet âge.

Le réveil de Paul sonnait dans le vide depuis sept heures du matin, mais l'enseignant-chercheur venait juste de se réveiller : il ne pourrait pas donner des cours d'histoire à ses étudiants de première année de licence. Charles Martel et compagnie attendraient une heure. Paul ne prit pas le temps de boire son traditionnel café et de manger sa non moins traditionnelle tartine de pain de fleurs au beurre salé (Paul adorait la Bretagne). Il se dépêcha de prendre le métro et alors qu'il écoutait un podcast sur l'histoire des épidémies et pandémies, il reçut un message de son amoureuse :

Bonjour mon amour. J'ai cinq jours de retard dans mes règles, je suis inquiète, je vais faire un test.

Le cœur de Paul s'arrêta de battre pendant un millième de seconde. Paul pensait avoir mal vu, alors il relut une nouvelle fois le message, mais il ne s'était pas trompé : Anne était peut-être enceinte. Il réfléchit à si elle avait oublié de prendre sa pilule, mais non, c'était impossible ; dans le doute, il lui demanda. Il fit demi-tour, reprit la ligne 13 et quinze minutes plus tard il était chez Anne avec un test de grossesse.

Anne ouvrit à Paul, prit le test et fonça aux toilettes. C'était la première fois qu'elle faisait un test de grossesse, et elle n'avait pas vraiment imaginé qu'elle le ferait dans ces conditions-là : elle s'attendait à le faire à trente ans, en espérant sincèrement être enceinte. Ce jour de mai 2024, l'étudiante en histoire espérait une seule chose : voir une unique barre s'afficher, pour lui confirmer qu'elle n'était pas enceinte. À cause du stress, Anne dut attendre plus de cinq minutes avant d'arriver à uriner sur ce bâtonnet qui pouvait faire basculer le reste de son existence. Finalement, après avoir réussi à se détendre pour quelques secondes, deux barres apparurent sur le test de grossesse. Il n'y avait aucun doute : le test était positif, la jeune femme de 21 ans était donc enceinte. Choc. Oreilles qui bourdonnent, cœur qui bat beaucoup trop vite, vue qui se trouble, larmes, Anne tomba dans les pommes sur les toilettes.

Paul, qui était en face d'Anne, se précipita pour la relever, l'allonger sur le lit de leur chambre, et la réveiller. Elle se releva en sursaut, Paul tenta de la rassurer en lui disant qu'ils allaient gérer la situation, et qu'ils iraient – dès aujourd'hui – chez le médecin. L'étudiante était tellement sous le choc qu'elle ne répondit rien, elle essayait simplement de comprendre comment elle avait pu tomber enceinte : elle prenait tous les jours, à heure fixe, sa pilule contraceptive. Il était inenvisageable pour Anne de poursuivre cette grossesse : non voulue, non prévue, imposée beaucoup trop tôt dans sa vie, elle qui ne savait même pas si elle voudrait avoir des enfants plus tard. Paul partageait son point de vue, même s'il n'aurait de toute façon jamais osé imposer à Anne de garder ce futur bébé dans son ventre. Lorsque, accompagnée de Paul, elle se rendit chez le médecin l'après-midi même, celui-ci lui dit qu'il existait un risque – très faible, moins d'un pour cent – de tomber enceinte en étant sous contraception ; Anne confirmait donc cette malheureuse statistique.

Rendez-vous fut pris pour une prise de sang le lendemain, afin de dater la grossesse d'Anne ; elle y apprit qu'elle l'était depuis trois semaines. Paul aida son amoureuse et la soutint dans le reste des démarches pour l'avortement. Deux semaines plus tard, la jeune femme avorta à l'hôpital. L'avortement se déroula correctement, mais certains membres du personnel soignant jugèrent et accusèrent Anne de négligence, et même de meurtre, alors que ce qui se trouvait au creux de son ventre n'était encore que des cellules, et non pas un bébé. L'étudiante pensa à Gisèle Halimi et Simone Veil qui se retournaient probablement dans leurs tombes en entendant de tels propos culpabilisants et misogynes.

Le couple sortit fragilisé par cette épreuve ; aussi, la différence d'âge, mais surtout la position de professeur qu'avait Paul face à Anne n'arrangea rien à cet événement qui fit passer leur histoire d'idylle dans une bulle à la réalité beaucoup plus brutale. Un mois après l'interruption volontaire (et nécessaire) de grossesse d'Anne, les deux amoureux se séparèrent, à contrecœur, ayant chacun besoin de se retrouver seuls, déjà pour se remettre de cette épreuve, mais aussi parce que l'université verrait d'un très mauvais œil leur relation. Paul risquait sa carrière ; Anne risquait sa licence.

* *
*

Cette journée de juin 2032 se termina pour la journaliste et ses parents au Pays Basque, à Espelette, chez ses grands-parents paternels. Anne profitait de ce congé sabbatique pour rendre visite à ses proches qu'elle voyait rarement à cause de son travail. C'était une soirée d'été chaude, le soleil illuminait de nuances d'orange et de rose les montagnes et la terrasse où Anne et sa famille s'étaient installées pour dîner. À table, on parlait des aventures de l'ancienne Parisienne lors de son dernier reportage en Iran, pour ensuite bifurquer sur le sujet du voyage d'Anne à venir : son tour du Pacifique en catamaran. La jeune femme détailla alors à sa famille son périple : après être arrivée par porte-conteneurs à Perth depuis le port iranien de Chabahar, sur la côte est de l'Australie, elle récupérerait son catamaran au port de cette même ville, ensuite, elle ferait le tour de l'Australie, dans le sens inverse des aiguilles d'une montre. Elle passerait par la Tasmanie, remonterait vers la Nouvelle-Zélande, pour ensuite aller en Papouasie Nouvelle-Guinée, aux îles Salomon, en Nouvelle-Calédonie, aux îles Fidji, aux Tonga et

Samoa, aux îles Cook, en Polynésie française, puis elle mettrait le cap sur Hawaï, descendrait sur l'île de Pâques, remonterait aux Galapagos et enfin, arriverait au Mexique, pour rendre son bateau au port de Puerto Escondido. Si elle avait le temps, elle se permettrait d'autres escales, notamment aux îles Marshall et Vanuatu.

Énumérer ces noms de pays et d'îles de l'autre bout du monde faisait frissonner Anne tant elle avait hâte de commencer cette nouvelle aventure, et ses proches rêvaient de ce que ces noms évoquaient pour eux. Il était prévu que sa famille viendrait lui rendre visite à certains moments de son périple, en la rejoignant par bateau. La première à devoir la rejoindre était son *amatxi*, sa grand-mère paternelle ; cela faisait des années qu'Anne lui avait promis que si un jour elle partait faire ce tour du Pacifique à la voile, alors, elle l'y convierait. La future aventurière exposa donc les autres détails de ce voyage à l'assemblée qui l'écoutait attentivement. La soirée se prolongea jusqu'à minuit, après un bon repas aux saveurs basques : *lomo*, *taloak*, piperade en entrée et plat principal, gâteau basque et *ardi gasna* en desserts. Anne savourait ce repas typique de sa région, car elle savait que c'était son dernier dîner avec sa famille au complet avant plusieurs mois, et qu'elle ne reviendrait pas au Pays Basque avant son départ pour l'Australie.

Anne alla se coucher plein de belles images en tête, mais avant de fermer les yeux, elle échangea quelques messages avec Valentine, qui malgré ses pensées concentrées sur son voyage à venir, lui manquait. Les deux amantes s'appelèrent pour se raconter les jours qui venaient de s'écouler depuis leur week-end à Marseille. Elles n'étaient pas en couple, pas amoureuses non plus, et encore moins dans une relation exclusive. Ce qu'elles vivaient n'avait pas de nom, mais cela leur convenait : leurs corps et cœurs se réchauffaient ensemble, elles partageaient quelques bribes de leur quotidien, et c'était tout. Pas d'attaches, pour une fois. La journaliste se sentait libre, et son amie aussi. Anne aimait aimer ; elle aimait les premières fois en tout genre dans un couple, une relation amoureuse, elle aimait les *flirts*, les premiers baisers et cette sensation de papillons dans le ventre. En bref, Anne était très fleur bleue.

Le 3 juillet 2032, Mont-de-Marsan

En ce début de mois de juillet, Anne était de retour dans sa maison landaise. Elle en profita pour se replonger dans sa boîte à souvenirs. Après être allée la chercher dans son placard, la jeune femme en extirpa – au hasard – un souvenir. Un bouchon de vin. Elle dut alors fouiller dans sa mémoire quelques instants jusqu'à ce que l'événement qui était associé à ce bouchon d'une bouteille de rosé revint très clairement à la surface.

* *
*

Le 10 juin 2025

« J'ai envie de te faire l'amour, sur du Gaël Faye. », voilà ce que dit Julio à Anne, lorsqu'ils firent l'amour pour la première fois.

Au rythme de cette même musique, Anne danse, Anne fait l'amour, avec Julio. La pièce est toute noire et un halo de lumière se jette sur le sol, éclairant Anne, et Julio qui arrive ensuite. Anne rêve. Elle se voit dans ce rêve, elle voit aussi Julio – spectatrice – et tout ça sur cette musique ; cette musique est sensuelle, rythmée, entraînante, enivrante, à l'image de ce qu'Anne a vécu avec Julio.

Anne se réveilla. Fin du rêve. Elle n'espérait qu'une chose : croiser Julio dans leur quartier, elle ne savait même pas comment elle réagirait si elle le voyait, mais elle en rêvait.

Elle avait – quelques semaines avant - gagné sept jours de plus à vivre des choses avec lui. Ils se firent des câlins quelques fois de plus, s'embrassèrent une vingtaine de fois en tout et dormirent trois nuits ensemble. Une semaine. Elle aurait voulu que ce soit tellement plus, plus de semaines, plus de bisous, de baisers, de nuits, de câlins, de conversations, de regards complices.

Quelques jours avant un date Tinder qui venait juste d'être planifié, Anne envoya un message à Julio ; elle venait de le croiser dans la rue, sans lui parler, après plusieurs semaines à tenter en vain de l'oublier. Anne ne croyait pas une seconde que son « Jules » (sans mauvais jeu de mots) répondrait à ce message, et encore moins aussi rapidement et surtout pas positivement ! Anne se jetait dans la gueule du loup, consciemment. Trois semaines à essayer d'oublier Julio réduites en cendres, en une seconde.

J'aimais faire l'amour avec toi juste après avoir passé trois heures à disserter en histoire contemporaine sur les indépendances en Amérique du Sud au XIXe siècle. J'aimais boire du rosé pour célébrer la fin de mes partiels à 16 h 45, un vendredi de mai, avec toi, puis faire l'amour. J'aimais t'embrasser entre le 31e et le 25e étage – la descente allait tellement vite – d'une tour parisienne. Ce que j'aimais avec toi c'est que je pouvais tout autant boire des verres, faire des crêpes, aller aux puces de Saint-Ouen, regarder La Haine, ou parler de droit constitutionnel. Tu rendais la banalité exceptionnelle. T'es un personnage de roman en fait, Julio. Ou en tous cas c'était ça ta place dans ma vie. Tu me parlais des Faux-Monnayeurs, tu t'identifiais à un personnage de ce livre ; quand tu disais ça, je le prenais à la légère, ironiquement, et puis il s'est avéré que tu disais la vérité. Mais le problème c'est que la vie ne peut pas être vécue comme dans un roman ou un film.

Voilà ce qu'Anne envoya à Julio. Bien sûr, elle eut envie de se cacher, de jeter son téléphone, de l'éteindre et le rallumer vingt-quatre heures plus tard, de disparaître, de quitter la France et pourquoi pas l'Europe. Elle ne fit rien de tout cela, car, après réflexion, cela lui parut légèrement disproportionné et excessif. L'étudiante en histoire se contenta seulement de mettre son téléphone en mode avion et de le remettre en ligne à peine deux minutes plus tard, elle désactiva quand même le son de son téléphone, et pris soin d'activer l'option « *temps pour soi* » de son smartphone – option qui permet de s'éloigner de ses responsabilités en faisant passer cela pour une véritable conviction de se détacher des carcans imposés par les téléphones et réseaux sociaux. Enfin bref, excusez-moi, je m'égare. Anne, donc, consacra ensuite toute sa soirée à attendre dans un suspens insoutenable une réponse, ou au moins un « lu », de la part de Julio.

La jeune femme ne s'attendait pas à avoir une réponse. Le lendemain soir, elle se rendit au date Tinder. Vingt minutes avant, Julio répondit. Et le pire dans tout ça fut que ce date Tinder se passa à merveille. Anne était persuadée que Julio ne répondrait pas à ce message. Elle se jetait dans la gueule du loup, consciemment. Trois semaines à essayer d'oublier Julio réduites en cendres, en une seconde. Julio lui proposa de passer le soir même chez lui. Anne accepta. Ils se retrouvèrent donc chez Julio, dans cet appartement du 5e arrondissement de Paris, ils se parlèrent peu, se sautèrent dessus et couchèrent ensemble.

Julio avait trente-trois ans, il était avocat et vivait vers Odéon, à Paris. Il avait été en couple avec une femme pendant dix ans, avant de rencontrer quelques mois après sa rupture Anne. Julio et Anne avaient *matché* sur Tinder. C'était un après-midi de printemps. Lorsqu'ils se rencontrèrent, Anne eut littéralement un coup de foudre pour Julio ; c'était inexplicable. Pendant un mois tout fut très simple, fluide et facile entre eux. Aucune prise de tête, la différence d'âge n'était pas un sujet ; il n'y avait que des rires, de longues discussions qui se transformaient souvent en débats passionnés, des moments complices et des moments qui sortaient de l'ordinaire. Anne se souvenait, nostalgique, de plusieurs de ces moments extraordinaires (ou qui l'étaient en tous cas, à ses yeux) : cette fois où ils allèrent boire un verre sur un *rooftop* d'une tour non loin d'une gare parisienne, à des centaines de mètres au-dessus du sol ; ou une autre fois où ils passèrent toute une après-midi aux Puces de Saint-Ouen, passèrent ensuite le reste du week-end ensemble et finirent la dernière soirée de ces deux jours à boire des mojitos puis faire l'amour. Julio était plein de petites attentions envers Anne : lui envoyer des messages pour lui dire qu'il pensait à elle, qu'il avait hâte de la retrouver, qu'il était prêt à venir à Mont-de-Marsan une journée uniquement pour la voir, lorsque pendant une semaine Anne était partie en vacances chez ses parents. Bref : aux yeux d'Anne, tout était parfait.

Anne se souvenait d'une fois assez spéciale à ses yeux : après un de ses examens pour l'université, l'étudiante se rendit chez Julio. Il était allé chercher une bouteille de rosé chez un caviste non loin de chez lui, à 16 h 30, juste pour célébrer la fin des partiels d'Anne. Elle avait acheté des tartes au citron, leur pâtisserie préférée. Lorsque Julio revint, cette bouteille de rosé à la main, ils l'ouvrirent, trinquèrent, burent. Quelques instants après, ils faisaient l'amour. Ils dégustèrent les tartes au citron vers 22 heures, après avoir dîné. Cela peut paraître simple, mais pour Anne, ce n'était pas insignifiant, ce qu'avait fait Julio montrait qu'il tenait à elle, et qu'il aimait célébrer tous les moments du quotidien.

Mais un jour, alors que rien ne le laissait présager cela, l'avocat lui dit qu'il voulait tout arrêter. Il ne voulait pas, plus, s'engager dans une relation, tout allait trop vite entre Anne et lui, selon son ressenti. Il quitta la jeune femme. La rupture fut rude pour celle-ci, elle se projetait vraiment avec Julio. Anne en avait marre de tomber amoureuse : c'était dans le nom ! « Tomber », forcément, ça allait faire mal. Non, elle, ce qu'elle voulait c'était s'envoler, sauter, s'élever, amoureuse. Elle était lassée que cela fasse mal.

* *
*

Le 20 juillet 2032, Mont-de-Marsan

Le réveil d'Anne sonna : il était 8 heures, et le journal des « Bonnes nouvelles » commençait sur France Inter. En ce dimanche, la journaliste devait se lever tôt pour se rendre à Hendaye ; un nouveau stage de voile était prévu, avec les mêmes coéquipiers qu'elle avait rencontrés au stage précédent, deux mois auparavant. Arrivée au port d'Hendaye, Anne retrouva donc Bixente – le moniteur – ainsi que les deux autres élèves, Paul et Julie. Ils passèrent cette fois-ci quarante-huit heures en mer, en allant jusqu'à Bilbao, en Espagne. Pour s'y rendre, ils sortirent de la baie de Txingudi, passèrent le cap du Figuier, marquant la frontière entre la France et l'Espagne, et longèrent ensuite la côte, seulement à quelques miles de celle-ci. Il y avait suffisamment de vent pour avancer sans moteur, peu de houle, et un soleil radieux : le temps idéal pour naviguer. Ce stage était le dernier pour Anne, avant de partir pour le Pacifique. Anne et ses amis profitèrent de ces conditions idéales pour arrêter le catamaran au large des côtes basques et se baignèrent. La jeune femme avait une peur bleue des fonds marins, mais cette fois-ci, elle osa se jeter à l'eau, comme pour se prouver à elle-même qu'elle pouvait surmonter toutes ses peurs et sortir – une fois de plus – de sa zone de confort.

Dorénavant, Anne était prête : elle avait suivi une formation aux premiers secours, avait tout son équipement, ses affaires, l'itinéraire planifié pour son périple ; il ne restait plus qu'à partir et elle achèterait le ravitaillement en Australie. Avant cela, la journaliste avait encore quelques jours pour profiter de sa famille.

Deux jours plus tard, Anne rentra en train dans les Landes. Elle devait faire ses sacs pour son tour du Pacifique en voilier. Lorsque vient ce moment, elle mit de la musique, pour se motiver ; sa *playlist* démarra avec *Sultans of swing*, des *Dire Straits*. Anne prit le strict nécessaire : suffisamment de t-shirts, shorts et pantalons de sport ; deux K-way et quelques polaires en cas de mauvais temps ; trois maillots de bain, son matériel de plongée (masque, tubas, palmes), paréo et serviette de plage, ainsi que sa crème solaire ; quelques robes, jupes et débardeurs, avec une paire de sandales à talon, pour les soirées ou fêtes qui allaient se mettre sur son chemin ; des sous-vêtements, dont deux ensembles plus habillés, plus *sexy* – juste au cas où. Enfin, elle compléta cela avec le nécessaire pour prendre soin d'elle : cela allait d'un savon pour le corps à un *sextoy* ; pour le corps et l'esprit. Anne termina ses sacs en y mettant sa boîte bleue à fleurs : la boîte à souvenirs, dont elle n'avait pas fini de regarder le contenu, et elle comptait bien profiter de son tour du Pacifique pour parvenir à cela.

Lundi 2 août 2032

Voilà, Anne monte dans ce train à Bordeaux, pour se rendre à Marseille. C'est l'heure de dire au revoir, à sa mère, son père et Valentine, venue passer les derniers jours d'Anne à Mont-de-Marsan avant son départ pour l'Iran, première escale de ce long périple. Anne et ses proches essuyèrent quelques larmes sur leurs joues, puis la journaliste monta dans son train. Une fois installée dans ce TGV, après avoir mis ses deux sacs à dos dans le porte-bagages, Anne sortit son téléphone (qui ressemblait plutôt à une plaque de verre transparente et bleutée tout droit sortie des films de science-fiction des années 2020) de sa poche, le connecta à la puce qu'elle avait, greffée derrière son oreille gauche, et mit la musique en marche. Elle écouta notamment *The house of the rising sun*, *Chalouper, Une autre histoire*, et quelques musiques de Michel Berger, et puis, les yeux humides et gonflés d'avoir pleuré, elle s'endormit jusqu'à se réveiller une heure et demie plus tard, en gare de Marseille.

4

Le 4 août 2032, mer Méditerranée

Anne a quitté l'Europe à bord de ce porte-conteneurs, géant des mers, pour le golfe Persique, depuis une journée. Elle se trouve en plein milieu de la Méditerranée, et est partie pour une traversée qui durera deux semaines : le bateau qui la transporte va s'arrêter en Libye, Égypte, Éthiopie et enfin le pays qu'on appelait autrefois la Perse. Après avoir regardé l'horizon pendant plusieurs minutes, puis s'être douchée, la journaliste part prendre son petit-déjeuner avec les autres touristes à bord, ainsi que l'équipage du navire.

Au beau milieu de la mer, il n'y a quasiment aucun réseau internet, et seulement les ondes de communication par radio. Alors, pour s'occuper, Anne avait apporté un certain nombre de livres, ainsi que sa boîte à souvenirs. Elle repartit dans sa cabine après avoir fini de manger ; arrivée dans cette pièce, elle prit sa boîte et l'ouvrit. Elle y plongea une main, fouilla, tomba sur une paire de menottes ; pas celles des forces de l'ordre, mais celles pour pimenter des moments intimes. Anne se remémora alors la première fois qu'elle avait utilisé ces menottes, avec Nahim ; et le tournant qu'avait pris sa vie intime à ce moment-là.

* *
*

C'était le mois de mars 2026. Anne avait vingt-quatre ans et était en dépression depuis plusieurs semaines déjà. Lors de son premier rendez-vous avec Nahim, ils en vinrent à parler de l'agression sexuelle qu'elle avait subie à vingt ans et conclurent ce sujet en disant sur le ton de l'humour à Nahim : « Mais ça va, hein ! Je suis pas en dépression et j'ai pas envie de me suicider ! ». Cette phrase résonna dans la tête de l'étudiante pendant quelques jours, tant elle était criante de vérité : Anne avait déjà eu ces idées sombres, suite à cette agression. Après tous ses déboires amoureux, ces épreuves que la vie lui mit sur son chemin, son anxiété, son manque de confiance, ses souvenirs de l'adolescence remontés à la surface : la cocotte-minute sifflait et était dorénavant en train d'exploser.

Un soir, Anne et Nahim allèrent dans un restaurant du 3e arrondissement de Paris. Anne voyait une psychologue, un psychiatre et était sous anxiolytique et antidépresseur ; Nahim le savait et l'acceptait. Depuis quelques jours, les médicaments faisaient leur effet et l'étudiante retrouvait petit à petit le goût de la vie. Lors de cette soirée au restaurant, elle fit le pari avec Nahim que dans dix ans elle serait reporter de guerre en Irak, ou bien où il y aurait une guerre : s'il perdait, Nahim devait une robe Givenchy à Anne. Faire un pari pour dans dix ans : cela parut pour la jeune femme vertigineux et en même temps joyeux, plein d'espoir.

Après avoir passé la soirée à refaire le monde, faire des paris sur l'avenir, se manger du regard et se faire du pied, les deux amants partirent finir la soirée chez Nahim. Il avait six ans de plus qu'Anne et était avocat ; il vivait dans un appartement du 8e arrondissement, non loin de la rue du Faubourg Saint-Honoré. Anne et Nahim s'embrassèrent longuement à la sortie du restaurant, collés l'un à l'autre, se prenant dans les bras, sous le seul lampadaire encore en fonction de cette ruelle parisienne. Ce moment était suspendu, comme dans un film ou un livre. Ils finirent par se détacher de leur étreinte réciproque et se mirent en route chez l'avocat. Dans l'ascenseur pour aller chez Nahim, nos deux amants étaient de nouveau touchés par la loi de l'attraction et cela semblait être pour leur plus grand plaisir. Ils sortirent de l'ascenseur sans se lâcher, s'embrassant d'abord sur la bouche, puis sur la nuque, le cou, les joues, le front : partout. Nahim ouvrit sa porte d'entrée tandis qu'Anne enlevait son manteau d'une rapidité qui traduisait l'urgence pour leurs corps de se retrouver en contact l'un avec l'autre. Nahim déboutonna sa chemise, et plaqua Anne contre le mur, fermement, mais avec douceur. Il s'assura auprès d'elle qu'il pouvait aller plus loin, et baissa les collants d'Anne, tandis qu'elle enlevait sa robe. Nahim ôta la culotte d'Anne et l'embrassa, très tendrement. Il continua en baisant ses joues, sa bouche, son cou, sa nuque, ses épaules, ses seins qu'il prit soin de lécher délicatement, mais follement. Après être passée par le ventre d'Anne, sa langue finit sa course sur son pubis. S'étant assuré qu'il avait l'accord de son amante, Nahim se mit à lécher le clitoris et la vulve de celle-ci, puis mit un doigt en elle, tandis que sa respiration s'intensifia tant elle prenait du plaisir. Anne demanda à Nahim de se relever, ce qu'il fit, et elle l'embrassa, tout en l'amenant sur le lit. Là, elle enleva son soutien-gorge et Nahim retira sa chemise et son pantalon. Quelques instants plus tard, ils se retrouvèrent en tenue d'Adam et Ève. Leurs corps ne firent alors plus qu'un, leurs respirations se mêlèrent, leur salive aussi, leurs langues se rencontraient et ne voulaient plus se lâcher. Nahim allait aussi loin qu'il le pouvait en Anne, et c'était pour le plus grand plaisir de cette dernière. Son sexe dans le sien, puis son sexe dans son anus, et enfin l'orgasme pour ces amants, en même temps.

Le lendemain matin, les deux amants se réveillèrent dans la position de la cuillère : Nahim derrière Anne, entourant son amante de ses bras, et elle ayant ses fesses presque collées à son entrejambe. Anne avait toujours des idées sombres, mais qui s'éclaircissaient au fil du temps ; fréquenter Nahim l'aider à aller mieux, ce n'était pas la recette magique, certes ; mais passer du temps à continuer de découvrir une sexualité plus épanouie avec lui l'aidait à revoir sa vie avec un peu plus de couleurs chaque jour. La libido d'Anne revenait de plus en plus ; et ce matin-là, la jeune femme avait très envie de Nahim ; avec lui, elle était insatiable.

L'avocat se mit à embrasser Anne dans le cou et passa une main sur sa poitrine. Alors, la jeune femme commença à se sentir excitée, et gémit tant elle aimait ces baisers. Ces gémissements encouragèrent Nahim à l'embrasser de plus belle et Anne lui prit la main pour y déposer des bisous. Il se colla encore plus à elle, elle commença à se frotter à lui et lui fit comprendre qu'il pouvait caresser ses seins. Anne se retourna et embrassa Nahim, leurs langues se rencontrèrent, s'entremêlèrent. Leur souffle s'intensifiait. Le jeune homme attrapa la nuque de la jeune femme, et baisa sa bouche de plus belle, puis bascula pour se retrouver sur son corps. Les deux amants s'embrassaient follement, jusqu'à ce que Nahim demande à Anne s'il pouvait lui retirer sa nuisette ; elle accepta et demanda à Nahim si elle pouvait également lui retirer son haut. Il accepta, ils se retrouvèrent presque nus. Nahim frottait son entre-jambes à celui d'Anne, et inversement.

En ayant déjà discuté auparavant, l'avocat proposa à Anne de la menotter, pour qu'elle soit sienne, et ne s'abandonne qu'à son plaisir à elle. Après avoir dit oui, elle eut donc ses poignets attachés aux barreaux du lit de Nahim. Ce dernier embrassa Anne, baisa ses oreilles et lui chuchota qu'elle était belle et excitante ; elle lui répondit que c'était réciproque. Il descendit alors dans son cou, puis ses seins qu'il lécha et mordilla ; sa bouche goûta à chaque centimètre carré du ventre d'Anne. Elle gémissait tant ce moment était bon. Nahim commença à baiser l'intérieur des jambes de son amante, la regarda pour savoir s'il pouvait aller plus loin, Anne le regarda et lui dit qu'il pouvait la lécher et la doigter. Il retira donc sa culotte, et commença par caresser son clitoris, puis tant Anne était mouillée de plaisir, il glissa un doigt dans son vagin ; ensuite, il déposa sa langue sur sa vulve, et commença à lui faire un cunnilingus. La jeune femme frémissait de plaisir, sa respiration s'accélérait ; Nahim était extrêmement doué. Après quelques minutes, il remonta et embrassa Anne. Il décrocha les menottes des barreaux du lit, attacha les poignets d'Anne entre eux et lui demanda de se mettre à quatre pattes, pour qu'il vienne en elle, ce qu'elle accepta. Nahim était derrière elle, et commença à lui donner des fessées, car cela excitait énormément Anne, qui gémissait d'ailleurs de plus en plus. Son amant sortit un *sextoy* faisant des vibrations sur le clitoris, afin de le stimuler tout en pénétrant Anne avec son sexe, par-derrière. Nahim mit sa capote à genoux devant Anne, et cette dernière le masturba des deux mains, se délectant de voir son amant prendre du plaisir. Il entra en elle, un frisson de plaisir les parcourut, puis il déposa le *sextoy* sur la vulve de la jeune femme, le tenant par la main, entourant son amante de son bras. De l'autre main, Nahim tenait la hanche d'Anne, lui donnant des coups de reins, variant le rythme et la profondeur, selon ce qu'elle lui disait, jusqu'à trouver la combinaison parfaite. Leurs respirations s'accélérèrent et leurs gémissements également. Anne dit à Nahim qu'elle allait jouir, et ce dernier répondit que lui aussi : il allait jouir. Anne ferma les yeux pour savourer cette explosion, et eut d'ailleurs une image de feu d'artifice dans sa tête et son corps, tant cet orgasme fut puissant. Elle poussa un léger cri, tandis que son amant lâcha un profond soupir de satisfaction. Ils tremblèrent, ensemble, puis se défirent de leur étreinte. Nahim libéra Anne de ses menottes, puis ils s'allongèrent côte à côte, se firent un long câlin ponctué de baisers.

* *
*

Le 4 août 2032, mer Méditerranée

Anne redéposa les menottes dans la boîte, un sourire aux lèvres. En effet, cette histoire avec Nahim l'avait marquée : cette période avait signé le début de la fin de sa dépression, et également le début d'une vie sexuelle plus saine, épanouie et libérée. Six ans plus tard, la jeune femme était presque toujours autant émoustillée en pensant à ces moments partagés avec l'avocat. Leur relation n'avait pas duré longtemps, elle fut courte, mais intense. Leurs chemins s'étaient séparés parce que leurs attentes n'étaient pas les mêmes, concernant une relation plus sérieuse. La séparation ne fut pas douloureuse, et Anne et Nahim étaient restés en contact, comme de vieux amis.

La jeune femme fut sortie de ses pensées par sa sonnerie de téléphone ; elle n'avait pas vu le temps passer, mais il était déjà midi, l'heure de son appel avec Valentine. Anne profitait des rares moments où elle captait suffisamment de réseau pour pouvoir appeler son amie amoureuse, comme elle la surnommait. Tout en discutant avec elle, la journaliste se dirigeait vers la cuisine du navire, pour y faire réchauffer un plat préparé, au micro-ondes.

« Anne, je suis désolée, mais je te quitte ; enfin, on n'est même pas en couple, et justement c'est ça le problème. Je t'aime, je veux être en couple avec toi, j'aurais voulu partir en voyage avec toi, mais tu ne voulais pas, ou pas plus de quelques jours. Je veux m'engager, avoir une famille, me marier, avec toi ; mais ce n'est pas ce que tu veux, et ce n'est pas grave, mais on n'est plus compatibles. Je te souhaite le meilleur, je t'embrasse. Si la vie le veut, on se retrouvera. », lui annonça Valentine. Anne ne put prononcer un mot avant que son (ex) amante lui dit tout cela, ni même après, car Valentine raccrocha directement après qu'elle ait dit ce qu'elle avait sur le cœur. Anne eut un choc, elle ne s'y attendait absolument pas ; elle était à des kilomètres de s'attendre à une telle annonce.

« Putain de merde ! Fais chier ! » voilà les mots qui sortirent de la bouche d'Anne. Son cœur se fissura un petit peu. Il ne se brisa quand même pas, mais le fait de savoir qu'elle ne reverrait plus Valentine, et que cette dernière mettait fin à leur histoire lui fit mal. Et puis, oui, l'explosion qui venait d'avoir lieu dans le micro-ondes n'améliora pas la situation.

5

Le 29 août 2032

Anne avait quitté l'Iran où elle arriva sans encombre, pour ensuite monter à bord d'un autre porte-conteneurs, direction l'Australie. La traversée se passait bien, la journaliste rencontra d'autres voyageurs dans ce navire : une Anglaise qui travaillait pour une chaîne de télévision britannique et qui faisait un reportage sur les porte-conteneurs à voiles, qui se développaient de plus en plus, un Australien qui rentrait chez lui et une Française qui partait en vacances en Australie pour deux mois.

Alors que notre protagoniste entamait son dernier jour dans ce porte-conteneurs avant d'arriver à Perth, et que le temps à bord lui paraissait être infini, tant elle s'ennuyait, elle décida de regarder le dernier souvenir qu'elle avait dans sa boîte bleue à fleurs blanches ; elle l'y avait laissé pour faire durer ce plaisir de découverte et cette attente dont elle se délectait finalement : quelle autre histoire allait remonter à sa mémoire ? La journaliste plongea sa main dans la boîte, écarta les différents objets qu'elle avait déjà regardés, et trouva enfin une toute petite carte. C'était une carte de visite d'une crêperie du 10e arrondissement de Paris : Lulu la Bretonne. Derrière cette carte, avait été rajouté au stylo un mot « Tu seras toujours ma petite princesse bretonne. », celui-ci était signé par un certain Alix. Le visage d'Anne s'illumina, car elle se souvenait parfaitement de cette crêperie, de la personne avec qui elle y était allée, mais ce mot écrit par Alix était une surprise : elle ne l'avait jamais vu et n'avait jamais su qu'Alix l'avait écrit.

* *
*

Le 23 septembre 2027

Anne avait vingt-quatre ans et elle avait rencontré quelques mois auparavant un homme qui avait quatre ans de plus qu'elle. Anne commençait tout juste ses piges de jeune journaliste et elle avait rencontré Alix, physicien médical étudiant à l'hôpital de l'Hôtel Dieu, à Paris. Ils s'étaient rencontrés sur Tinder et en ce 23 septembre, 18 heures, Anne se préparait pour son rendez-vous galant avec Alix. Elle mit un col roulé noir avec une jupe blanche en tweed, des collants et ses nouvelles bottines noires ; elle ajouta à sa tenue un manteau – il faisait déjà froid à Paris. Anne ne se maquilla pas, elle ne se maquillait jamais, elle mit simplement un peu de parfum (il faisait effet à tous les coups).

Alix donna rendez-vous à Anne à la station de métro Abbesses, dans le 18e arrondissement de Paris. Après avoir monté les quelques cent marches de la station pour regagner la surface, Alix arriva essoufflé face à Anne qui elle ne l'était pas du tout ; en effet, elle attendait sur ce banc depuis vingt minutes, car Alix était arrivé en retard. Après s'être faits la bise, les deux étudiants se dirigèrent alors vers un bar de la rue des Abbesses, s'installèrent un peu par hasard à une terrasse et commandèrent un verre de rouge chacun. Cela faisait deux jours qu'Alix et Anne avaient commencé à discuter sur l'application de rencontres et leur discussion « dans la vraie vie » était encore plus fluide et passionnante. Ils se découvrirent un certain nombre de points communs : la musique (Anne jouait du piano et Alix du saxophone), le cinéma, Jonathan Cohen (ils étaient tous les deux fans de lui), les blagues beaufs, les voyages et bien d'autres choses encore. Anne avait l'impression de discuter avec un « pote » (pour la citer) qu'elle aurait connu depuis au moins plusieurs mois. Alix, quant à lui, avait également beaucoup apprécié ce moment passé avec Anne. Ils avaient envie de se revoir, d'apprendre à mieux se connaître, intellectuellement, intimement, physiquement.

Une semaine plus tard, les deux amants arrivaient dans l'appartement d'Alix, dans le 11e arrondissement de Paris, pas très loin de la rue de Charonne. Minuit allait bientôt sonner quand nos deux protagonistes rentrèrent d'un cinéma, ils étaient allés voir un film inspiré d'une bande dessinée de Pénélope Bagieu : *La page blanche*. Ce film, à moitié romance et comédie, avait – sans surprise – beaucoup plu à Anne qui aimait le romantisme et était rêveuse.

Anne et Alix s'assirent sur le canapé et commencèrent à discuter du film. Anne posa sa tête sur l'épaule de son ami, en fond, *Une nuit sur son épaule* de Véronique Sanson passait sur le tourne-disque d'Alix ; cette musique tombait à pic. Anne releva sa tête, avança ses lèvres vers celles d'Alix, ce dernier l'embrassa ensuite en retour, il mit sa main sur le cou de son amie, caressa ses cheveux, et descendit vers sa taille. Leur respiration s'intensifiait, de plus en plus forte et rapide. Anne s'assit sur les jambes d'Alix, face à lui ; elle l'embrassait toujours plus fougueusement, leurs langues se mêlaient, s'entraînant dans une danse érotique. Le t-shirt d'Anne, la chemise d'Alix, et leurs sous-vêtements également, ne tardèrent pas à valser à travers le studio de l'étudiant. Le canapé n'étant pas vraiment adapté à ce genre d'activités, Anne prit l'initiative d'entraîner Alix avec elle dans la chambre. À peine eut-elle le temps de s'approcher du lit qu'Alix la prit dans ses bras, l'embrassa, l'allongea sur le matelas, vint au-dessus d'elle, embrassa sa bouche, son cou, sa nuque, ses seins et son bas ventre. Alix regarda Anne pour avoir son accord afin de descendre plus bas ; Anne approuva. Alors, Alix enleva la culotte d'Anne, mit d'abord ses doigts sur son clitoris, puis en elle. Il embrassa ses lèvres, suça le clitoris d'Anne tel un bonbon. Quelques minutes plus tard, c'était l'étudiante qui descendait vers l'entrejambe d'Alix pour lécher et sucer son sexe. Alix gémissait et Anne prenait un plaisir coquin à le voir aimer autant ce qu'il se passait. Ensuite, Anne remonta, embrassa Alix partout sur son visage, sur son torse, dans son cou, sa nuque, et Alix la prit dans ses bras. Il lui dit qu'il avait terriblement envie d'elle, et cette envie était partagée. Leurs corps ne firent alors presque qu'un, ils étaient transpirants, suppliants, chauds, au diapason. C'était la première fois qu'ils faisaient l'amour et ce fut si bon qu'ils recommencèrent plusieurs fois dans la nuit et finirent par s'endormir, Alix entourant Anne de ses bras.

Après cette première nuit passée ensemble, le réveil sonna à 9 h. Anne devait partir en interview à l'autre bout de Paris, Alix devait partir à l'hôpital, pour continuer ses recherches. Le jeune homme se leva pour mettre sa machine à café en route ; avant d'aller dans la cuisine, il prit Anne dans ses bras et lui fit un bisou sur la joue. La journaliste rejoint Alix quelques minutes plus tard, et lui fit un câlin. Ils s'installèrent au bar de la cuisine, et prirent le petit-déjeuner. Anne n'était pas très bavarde le matin, et cela tombait bien, car il en était de même pour l'étudiant en physique nucléaire. Anne alla s'habiller dans la chambre d'Alix ; celui-ci arriva pour se changer également. Ils étaient nus et n'avaient qu'envie de refaire l'amour. Ils se regardèrent intensément, Anne avait un sourire en coin, comme si elle défiait Alix de résister à la tentation de la prendre. Malheureusement pour eux, ils n'avaient pas le temps de s'adonner à des plaisirs charnels ; en effet, Anne devait courir attraper son métro et il en était de même pour Alix.

Cela faisait déjà deux mois qu'Anne et Alix se fréquentaient, quand un samedi après-midi, Anne et Alix allèrent se promener dans le 10e arrondissement de Paris, au bord du canal Saint-Martin. Il faisait beau, c'était le début de l'automne, l'été indien. Anne voulut tenir la main d'Alix, mais elle craignait que cela ne fût trop sérieux, trop engageant, un signe d'affection trop fort. Cela parut, en même temps, absurde pour Anne, car son amant et elle faisaient l'amour sans souci, sans avoir peur que cela ne les fasse être trop proches ou intimes ; l'utilisation même de l'expression « faire l'amour », qui a pourtant une connotation quelque peu forte, ne les dérangeait pas. Bref, Anne se retint de tenir la main d'Alix et de l'embrasser également. Quelques minutes plus tard, ils entrèrent dans une crêperie nommée « Lulu la bretonne » et s'installèrent en terrasse. Le soleil illuminait le visage d'Anne, Alix, quant à lui, avait ses taches de rousseur qui ressortaient sous le soleil. Nos deux protagonistes commandèrent une crêpe au caramel pour l'une et une galette au chèvre et au miel pour l'autre. Autour d'un verre de bière et de grenadine, ils discutèrent du dernier film qu'ils avaient regardé ensemble : *Yves Saint Laurent*, avec Pierre Niney dans le rôle du personnage principal ; la discussion fut animée et non moins passionnée. En effet, les deux étudiants étaient férus de cinéma, de tous styles, mais surtout d'auteurs.

Plusieurs jours plus tard, Anne invita Alix chez elle pour faire une « soirée crêpes » ; Anne, en tant que Bretonne chauvine, insista pour ne pas mettre de sucre vanillé dans la pâte ; elle sut convaincre Alix qui, lui, s'en fichait franchement : l'important étant de manger… Après s'être gentiment chamaillés, Alix prit Anne par la taille et l'embrassa. Cela faisait presque trois mois qu'Anne et Alix se fréquentaient : leur relation évoluait et l'un et l'autre commençaient à s'attacher, et à tomber amoureux. Ni Alix ni Anne n'osait s'avouer ces sentiments ; ils avaient tous les deux peur de faire fuir l'autre.

Au bout de quelques heures, Alix mit en marche un vinyle, la musique *Besame mucho* de Cesária Évora envahit la chambre. Anne et son amant commencèrent à faire l'amour ; il baisa tout le corps d'Anne, en commençant par sa bouche et en finissant sur ses lèvres. Anne fit de même sur le corps d'Alix, pour finir par embrasser son sexe. Ensuite, Alix entra en Anne, l'étreignant dans ses bras ; ils s'embrassèrent longuement, passionnément, chaudement. Les deux amants se regardaient dans les yeux et les fermaient souvent pour savourer tant que possible l'instant qu'ils espérèrent voir durer au moins toute une nuit.

Alix et Anne gémissaient de plaisir, quasiment en rythme, rythme saccadé par leurs respirations haletantes, pleines de désir et qui sous-entendaient qu'ils en voulaient plus, encore et encore. L'étudiant donnait des coups de bassin et Anne sentait le sexe de ce dernier dans son sexe à elle ; sentir son amant bander et le voir prendre du plaisir l'excitait tellement. Ils changèrent quelques fois de positions, pour ressentir différentes choses, mais préféraient toujours être collés l'un à l'autre, pour se regarder, se tenir et s'embrasser. Les deux amants finirent par jouir quasiment en même temps ; ils étaient transpirants, chauds, essoufflés, emplis de plaisir et de désir.

Anne prit Alix dans ses bras, il l'embrassa sur le front puis sur la bouche ; leurs regards étaient pleins de tendresse. À ce moment précis, Alix souffla un « je t'aime » – timide et peureux – à Anne. Anne sourit, le regarda, surprise, soulagée et heureuse, l'embrassa et répondit : « moi aussi ». Un soupir de soulagement s'échappa des lèvres des deux amants que l'on pouvait désormais appeler amoureux. Ils se firent un câlin, tout en rigolant, tels deux imbéciles heureux. Plusieurs minutes s'écoulèrent, puis Anne se leva, alla aux toilettes, se doucha, et Alix fit de même ensuite. Ils allèrent enfin se coucher, au beau milieu de la nuit, fatigués mais heureux. Alix embrassa – littéralement – Anne, lui glissa un « belle nuit, mon amour » au creux de l'oreille, auquel Anne répondit « à toi aussi. Je t'aime » et les deux étudiants s'endormirent comme cela.

Leur histoire dura quelques mois, deux ou trois, tout au plus ; Anne ne s'en souvenait pas très bien.

Alix et Anne ne purent poursuivre leur histoire, car le physicien devait quitter Paris pour Marseille, où il devait finir ses études. Les deux amants ne voulaient pas d'une relation à distance et savaient dès les débuts que leur histoire ne durerait pas, car Alix savait qu'il ne lui restait plus que quelques mois d'études dans la capitale. En ce jour d'août 2032, le cœur de la journaliste se serrait encore, lorsqu'elle se souvenait de cette rupture et des aurevoirs, elle en larme et lui les retenant, tout en étreignant Anne dans ses bras, puis l'embrassant une dernière fois.

* *
*

Le 1er septembre 2032

Anne venait d'arriver à Perth, et après avoir passé une nuit à l'hôtel, elle récupéra son catamaran, qu'elle loua à l'entreprise *Sailing by the sea* pour au moins six mois, la location était renouvelable, ce qui permettrait à Anne de prolonger son voyage dans le Pacifique si besoin. Un employé de *Sailing by the sea* la retrouva à dix heures du matin au port de cette ville de la côte est australienne. Ils firent un état des lieux du bateau, Anne récupéra les clefs de ce dernier, et après deux heures d'inspection et de discussion se retrouva enfin seule sur son catamaran. Elle installa ses affaires dans une des deux cabines, rangea la nourriture dans le carré, refit un tour du catamaran pour se familiariser avec, alluma les appareils de navigation, regarda ses cartes de route, et décida de mettre le cap, dans un premier temps, sur la ville de Devonport, en Tasmanie. Après avoir vérifié la météo une dernière fois, Anne quitta le port de Perth, sous un soleil radieux, au zénith, avec un vent parfait pour naviguer uniquement à la voile.

Heureuse et soulagée, l'aventurière se mit alors, au rythme des vagues, à chalouper.

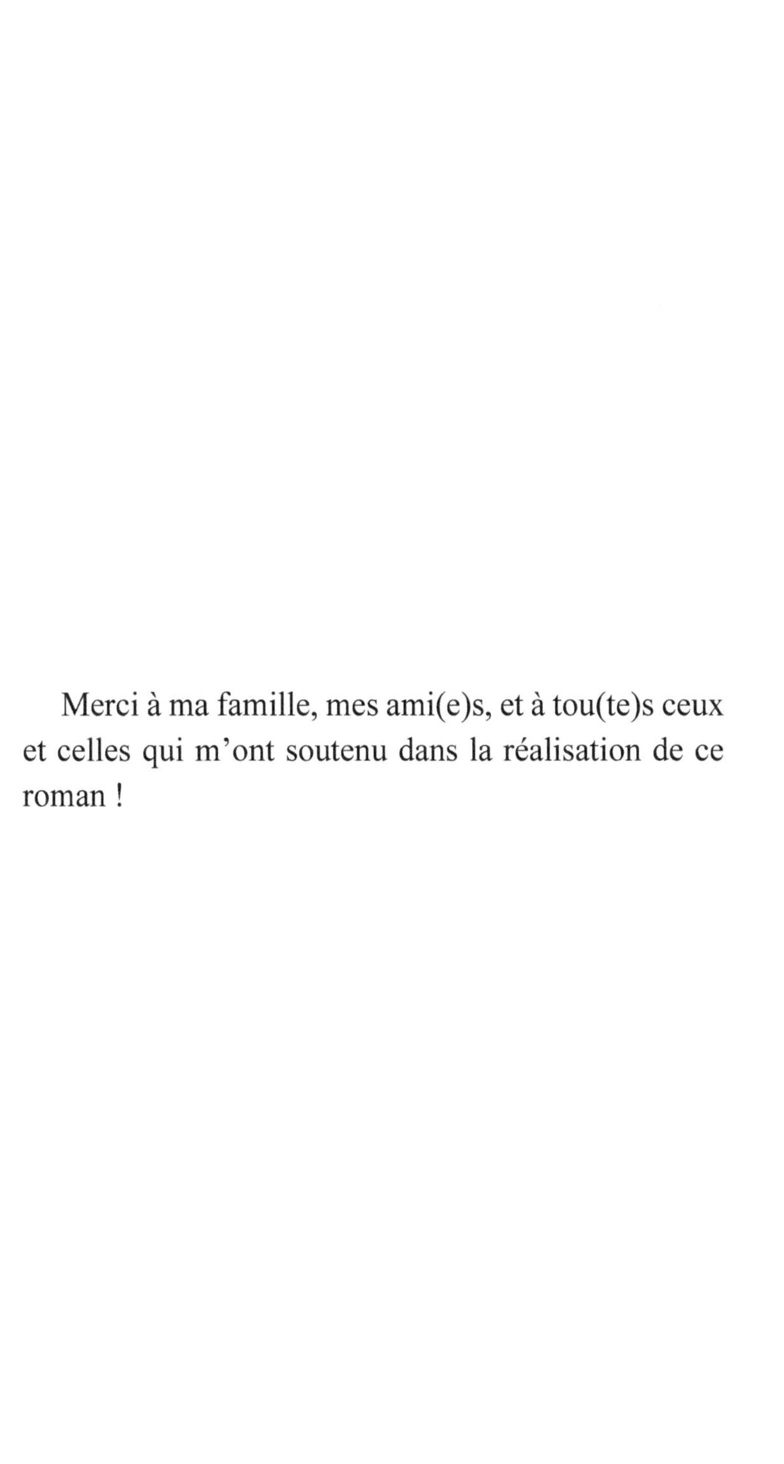

Merci à ma famille, mes ami(e)s, et à tou(te)s ceux et celles qui m'ont soutenu dans la réalisation de ce roman !

Imprimé en Allemagne
Achevé d'imprimer en mars 2024
Dépôt légal : mars 2024

Pour

Le Lys Bleu Éditions
40, rue du Louvre
75001 Paris

www.ingramcontent.com/pod-product-compliance
Lightning Source LLC
Chambersburg PA
CBHW062346010826
49168CB00024B/276

* 9 7 9 1 0 4 2 2 2 6 1 7 6 *